W0182591

Die Welt wird niemals enden

Geschichten der Dakota
Erzählt von
Mary Louise Defender Wilson

Aus dem Englischen
und aus dem Wichiyena-Dakota
übersetzt und herausgegeben
von Michael Schlottner

Insel Verlag

© der deutschen Ausgabe Insel Verlag
Frankfurt am Main und Leipzig 2006
Alle Rechte vorbehalten, insbesondere das der Übersetzung,
des öffentlichen Vortrags sowie der Übertragung
durch Rundfunk und Fernsehen, auch einzelner Teile.
Kein Teil des Werkes darf in irgendeiner Form
(durch Fotografie, Mikrofilm oder andere Verfahren)
ohne schriftliche Genehmigung des Verlages reproduziert
oder unter Verwendung elektronischer Systeme
verarbeitet, vervielfältigt oder verbreitet werden.
Druck: Friedrich Pustet, Regensburg
Printed in Germany
Erste Auflage 2006
ISBN 978-3-458-17301-4

2 3 4 5 6 – 12 11 10 09 08

Inhalt

Geschichten der Dakota – eine Einführung

Viele europäische Vorstellungen sind bis heute von der Auffassung geprägt, es sei ein Privileg von Reisenden aus der Alten Welt, ferne Länder und Kulturen in Übersee zu erkunden. Bevor der Massentourismus die Erfahrung des Reisens in weitgehend sinnleere Ereignisse verkehrte, erstellte manch ein Rückkehrer für seine Zeitgenossen, aber auch für die Nachwelt schriftliche Berichte und Zeugnisse von dem, was er gesehen und erlebt hatte. Bisweilen gestatteten solche Kenntnisse sogar zu schildern, was sich Menschen in der Fremde erzählten. Heute gehört die Zeit dieser europäischen »Entdeckungen« längst der Vergangenheit an. Doch hat sich inzwischen eine wachsende Zahl von Vertretern indigener Bevölkerungen auf den umgekehrten Weg gemacht, um ihre Musik, Kunst und Erzählungen bei uns einer breiteren Öffentlichkeit vorzustellen. Ihnen geht es weniger darum, die Alte Welt auf jene Weise zu erkunden, wie es einst die Europäer in der Fremde taten. Statt dessen gewährt uns ihr Erscheinen tiefe Einblicke in andere Kulturen und ermöglicht uns so, das Fremde verstehen zu lernen.

Zu diesen Vermittlern zwischen den Welten gehört Mary Louise Defender Wilson. Sie wurde im nordamerikanischen Grasland im mittleren Westen der USA geboren und erzählt seit ihrer Kindheit Geschichten, die Teil der mündlichen Überlieferung der Dakota sind und im Klan der Erzählerin seit wenigstens sieben Generationen weitergegeben werden. Viele der Erzählungen hörte Mary Louise Defender Wilson bereits als Kind, andere vernahm sie erst als

Erwachsene. So verfügt sie über einen umfangreichen Fundus, den sie bis heute ständig erweitert.

Das Erzählen von Geschichten ist eine weitverbreitete Praxis im indigenen Nordamerika und dient nicht allein der Unterhaltung, sondern auch der Vermittlung von Wissen. Die Erzählungen sprechen alle Bereiche des menschlichen Daseins an, kreisen um die Sinnhaftigkeit und Fülle des Lebens, vermitteln Werte und Einsichten über zwischenmenschlichen Umgang, über die Auseinandersetzung mit der Natur und spirituelle oder ethische Ideale, gute und schlechte Seiten des menschlichen Verhaltens, letztlich also alles, was das Leben ausmacht und prägt. Sie helfen den Zuhörern, ihre Lebenswelt, auch die Tiere und Pflanzen ihrer Umwelt kennenzulernen und deren Bedeutung für das Überleben zu verstehen. Die mündliche Wiedergabe beruht auf häufigen Wiederholungen des Gesagten, so daß sich manche Motive wie Formeln einprägen. Durch den Akt des Sprechens erblüht die Welt des Erzählten in schillernden Farben und Bildern, und die Kunst des Vortrags ist weit mehr als die Wiedergabe eines bestimmten Erzählstoffs. Jede Darlegung paßt die Geschichte an die jeweiligen Gegebenheiten der Erzählsituation an, und so bleiben ihre Botschaften stets aktuell. Dadurch weisen die Erzählungen einen ausgesprochenen Versionscharakter auf, und sie gelten als zeitlos, denn die Inhalte blicken nicht allein in die Vergangenheit – obgleich manch eine Geschichte die Frühzeit der Menschen zur Sprache bringt –, sondern unterstreichen ewig Gültiges. Alle Akteure, seien es Menschen, Tiere, Pflanzen, Trickster oder andere mythische Figuren, erscheinen als Teil der Gegenwart. Diese Gegenwärtigkeit, Frische und Lebendigkeit wird in Redensarten deutlich, die die Geschichten oft beschließen. Damit vermag das gesprochene Wort den vorgetragenen Erzählstoff als Bild entstehen zu lassen, als eine Fläche oder einen Raum, in dem der Hörer immer wieder neue Entdeckungen machen kann.

Für die vorliegende Ausgabe wurden solche Erzählungen aus dem nördlichen Grasland erstmals in breiterer Form verschriftlicht. Manch eine Geschichte ist bei anderen indigenen Bevölkerungen Nordamerikas in den Grundzügen gleichermaßen bekannt, doch weichen Inhalte und Darstellungsweisen bisweilen stark voneinander ab. In diesen Band wurden ausschließlich Versionen vom Klan Größeres Bärenhaus aufgenommen, der – als Sprecher des Wichiyena-Dialekts – zu den Dakota gehört. Die Mitglieder dieses Klans verbinden ihre Herkunft mit der Region östlich und westlich des Oberlaufs vom Missouri im heutigen Bundesstaat North Dakota. Von den Santee-Dakota, die ehemals im Bundesstaat Minnesota siedelten, aber auch von den Yankton und Yanktonai, im ethnographischen Schrifttum mitunter synonym als Nakota und Dakota bezeichnet, grenzen sich die Wichiyena ausdrücklich ab. All diese benachbarten Gruppen gehören zusammen mit den Lakota zu den Sioux, jenen seit der zweiten Hälfte des 19. Jahrhunderts so berühmt gewordenen Bisonjägern und Reiterkriegern, die noch immer nachhaltig unser Bild der federhaubengeschmückten Präriebewohner bestimmen. Aber die Geschichten, die in der vorliegenden Ausgabe erzählt werden, spiegeln eine andere Welt wider als die der Wildwestromantik und der Filmindustrie. Schnell erfahren wir, daß die Wichiyena zwar ähnlich wie die Lakota Bisons und andere Wildtiere jagten oder wilde Früchte sammelten, aber nur auf Wanderungen in Zelten, den Tipis, lebten. Die übrige Zeit wohnten sie in festen Erdhäusern, bildeten Dorfgemeinschaften und bauten in Gärten Obst und Gemüse an.

Ursprünglich wurden alle Geschichten dieser Ausgabe im Wichiyena-Dialekt erzählt, und so hat sie auch Mary Louise Defender Wilson in ihrer Kindheit erstmals gehört.
Als mehrfach ausgezeichnete Botschafterin ihrer Kultur wendet sie sich seit etwa Mitte der achtziger Jahre des 20. Jahrhunderts an ein breiteres Publikum und gibt die Erzählungen deshalb in Englisch wieder, das mit kürzeren Dakota-Einschüben versehen ist, wenn ein bestimmtes Idiom als nicht übersetzbar gilt. An solchen Stellen unterbricht sie dann die Erzählung und liefert Erklärungen in Englisch. Als Folge ihrer Zusammenarbeit mit dem North Dakota Council On The Arts erschien ein Teil der vorliegenden Geschichten in zumeist wesentlich kürzeren Fassungen auf bislang drei Audio-CDs[1]. Aufgrund der begrenzten Aufnahmekapazität der Tonträger und der dadurch nötigen Kürzungen beim Erzählen erwiesen sich Neuaufnahmen von nahezu allen Darstellungen in längeren Versionen als unumgänglich, die der Herausgeber im Oktober 2003 in der Standing Rock Reservation erstellte. Zusätzlich lieferte die Erzählerin ausführlichere Erklärungen der Dakota-Passagen, die in der vorliegenden Ausgabe unmittelbar in die Geschichten eingeflossen sind. Auf die Wiedergabe von Wiederholungen, die charakteristisch für mündliche Texte ist, wurde bei der Verschriftlichung hingegen weitgehend verzichtet, da sie den Lesefluß stören würden. Die Titel der Geschichten sind nicht von vornherein festgelegt, sondern werden erst bei Beginn des Vortrags entsprechend der jeweiligen Situation von den Erzählern genannt. Daher gibt es einige Abweichungen zwischen den hier gewählten Überschriften und den kürzeren Aufnahmen auf den Tonträgern.

1 Siehe Quellenverzeichnis am Schluß des Buches.

Manch eine dieser Erzählungen mag den an schriftlichen Texten geschulten Leser, vor allem den europäischen, an Literaturgattungen erinnern, die wir als Märchen, Mythen oder Legenden bezeichnen. Doch in der Sprache der Dakota sind solche Genres unbekannt. Statt dessen bedient man sich einerseits des Begriffs »Ohunkankan« für Geschichten, deren Handlung auf eine ferne Vergangenheit verweist, als die Menschheit noch jung war, viele Kenntnisse erst mühsam erlernte und vielerlei neue Erfahrungen sammelte. Ein zweiter Begriff »Wichao'oyake« umschreibt hingegen Geschichten, die von neueren Zeiten handeln und häufig historische Ereignisse oder biographisches Erleben beinhalten. Von beiden Genres liefert diese Ausgabe eine repräsentative Auswahl.
Die Gliederung des Buches erfolgt nach einer relativen Chronologie. Die Geschichten schildern zunächst die Wanderung der Menschen von ihrer ehemals unterirdischen Lebenswelt auf die Erdoberfläche, ein in vielen Erzählungen des indigenen Nordamerikas bekanntes Motiv. Anschließend folgt eine Darstellung der Befriedung der Wildtiere und von Blitz und Donner, die bis heute eine der bedrohlichsten Wettererscheinungen im Grasland darstellen und jährlich zerstörerische Feuer verursachen. Weitere Erzählungen sind der Ordnung der Sterne am nächtlichen Firmament und der Entstehung von bestimmten Landschaftsformationen im überlieferten Siedlungsgebiet der Wichiyena-Dakota gewidmet. Daran schließt sich eine Auswahl von Geschichten über die Beziehungen vom Menschen zur Natur und von Menschen untereinander an. Zwei Erzählungen berichten von Erlebnissen des Steinwesens, einer als Mensch personifizierten Erscheinung, die nach tradierten Vorstellungen vieler Wichiyena die Felsformationen unserer Erde und damit letztlich die Erde selbst symbolisiert

und bis heute für Ausgleich und Harmonie in der Welt Sorge trägt; andere erzählen von der zweigesichtigen Frau, die einmal ihr schönes und anmutiges Antlitz, dann aber ihre abstoßende und höhnische Fratze zeigt, oder von jener Schildkröte, deren gefährliche Wanderung ins Land der Crow-Indianer ihr endlich genug Selbstvertrauen gibt.
Die bewegendste und zugleich widersprüchlichste Figur, die zahlreiche Erzählungen prägt, ist Unktomi, der Spinnenmann. Gewöhnlich wandert er in menschlicher Gestalt durch das Grasland, doch kann er sich nach Belieben in jedes andere Wesen verwandeln. In nahezu allen Darstellungen scheut er die Mühen des Lebens, will weder jagen noch sammeln oder Gärten bestellen und ist als eine arbeitsscheue Erscheinung stets auf der Suche nach anderen Wesen, um durch List und Tücke zu einem bequemen Leben oder doch wenigstens zu einer üppigen Mahlzeit zu gelangen. Am Ende aber wird sein Treiben stets durchschaut.

Alle Geschichten entspringen einer Tradition des mündlichen Erzählens, die auch weiterhin in mündlichen Versionen bei den Wichiyena und anderen indigenen Bevölkerungen im nördlichen Grasland lebendig bleiben wird.

Michael Schlottner

Ohunkankan –
Geschichten aus fernen Zeiten

Wie die Menschen auf die Erde kamen

In einer fernen Vergangenheit lebten die Dakota nicht in jener Welt, in der sie heute leben, sondern an einem Ort, der sich unter der Erdoberfläche befindet. Dort waren sie sehr zufrieden, denn stets gab es genügend zu essen, und die Jahreszeiten waren günstig. Nie war es zu heiß oder zu kalt, und es fiel ausreichend Regen für die Gärten. Auch brachten die Jäger immer genug Fleisch mit ins Dorf, und man rühmte sie für ihren Erfolg.

Eines Tages streiften zwei Jäger durch das Grasland auf der Suche nach besonders großen Hirschen. Aber die Tiere hatten sich offenbar gut versteckt und waren schwer zu finden. So gingen die Jäger weiter als sonst und gelangten in eine Gegend, in der sie nie zuvor gewesen waren. Hier fanden sie den Eingang zu einer großen Höhle, und sie gingen hinein, tiefer und tiefer. Vielleicht, so dachten sie, haben sich die Hirsche an diesen Ort zurückgezogen. Sie waren schon eine ganze Weile gegangen, als plötzlich eine schöne Frau vor ihnen stand, die ihr langes Haar, anders als es den Gepflogenheiten der meisten Dakota entsprach, offen trug. Ihre Augen blickten die Männer freundlich an, und um ihren Mund erschien ein gütiges Lächeln. Sie sprach die Jäger voller Anmut an: »Wo kommt ihr her, und was ist das Ziel eurer Wanderung?«

Die Jäger erklärten, wie weit ihr Dorf entfernt war und daß sie trotz eines langen Marschs bislang kein Wild gefunden hatten.

Die Frau schien voller Mitgefühl. »Es muß ein hartes Los sein, immer so weit umherzulaufen, um Nahrung zu be-

schaffen. Und ihr könnt nicht einmal sicher sein, daß ihr auf Wild stoßt.«
»Nein«, antworteten die Jäger, »die Jagd ist keineswegs schwierig, und stets finden wir Wild. Nur wollen wir heute die großen Hirsche jagen, die so schwer zu entdecken sind.«
Die Frau gab eine unerwartete Antwort, mit der sie die Jäger überraschte: »Dennoch scheint mir die Welt, in der ich lebe, sehr viel angenehmer zu sein. Es gibt dort keine Mühsal, und alle Jäger finden rasch die Tiere, nach denen sie suchen. Nie müssen sie weit laufen. Und es ist sehr hell dort und schön, denn die Sonne scheint mit aller Pracht. In eurer Unterwelt ist es dagegen recht düster. Wenn ihr wollt, werde ich euch die andere Welt zeigen.«
Die Jäger beratschlagten nur kurz und hatten bald beschlossen, der Frau zu folgen. Sie gingen noch tiefer in die Höhle hinein, und allmählich stieg der Weg an. Dann sahen sie in der Ferne einen Lichtschein, der rasch größer wurde. Bald hatten sie den Ausgang erreicht und traten hinaus ins Freie. Sie waren auf der Oberfläche der Erde angelangt, jener Welt, in der die Menschen heute leben. Und wirklich, es war gerade so, wie es die Frau gesagt hatte. Die Sonne schien freundlich vom Himmel, das Gras war grün, alle Bäume trugen dichtes Laub, es gab Wälder und Haine, und überall liefen Wildtiere umher.
Erstaunt sahen sich die Jäger um, aber die Frau blickte sie lächelnd an. »Ist es nicht warm und angenehm hier oben. Bei uns gibt es keine Sorgen und Kümmernisse. Männer finden Jagdtiere ganz in der Nähe ihrer Siedlungen, und ebensoleicht graben Frauen nach Wurzeln oder pflücken Gemüse. Nie herrscht auch nur irgendein Mangel. Ich bin sehr froh, euch dies alles zeigen zu können. Wenn ihr euch hier niederlaßt, werdet ihr sicher ein fröhliches und glückliches Leben führen.«

Dann ließ die Frau die beiden Männer zurück und ging ihrer Wege. Die Jäger sahen sich noch ein wenig in der oberirdischen Welt um, traten dann aber bald den Rückweg an, der sie durch die Höhle zurück zu ihrem Dorf in die unterirdische Welt führte.
Sogleich riefen sie alle Dorfbewohner zusammen und erzählten von ihrem Erlebnis. »Wir mußten auf unserer Jagd weiter als üblich umherwandern und trafen in einer Höhle auf eine Frau, die uns auf die Erdoberfläche führte. Es ist eine herrliche Welt dort oben, von der wir bislang nichts ahnten. Uns war dort angenehm warm, und alles grünt und blüht. Wir möchten für immer dort oben leben und fragen euch daher, ob ihr nicht mit uns kommen wollt.«
Zunächst winkten die Leute mißtrauisch ab. »Warum woanders leben? Unsere Welt, in der wir jetzt sind, ist gut genug für uns, und wir fühlen uns hier wohl. Manchmal mag es ja etwas beschwerlich sein, immer Wild oder die Wurzeln zu finden, nach denen man gerade sucht. Aber eigentlich ist das Leben hier doch recht angenehm und vergnüglich.«
Die beiden Männer hörten jedoch nicht auf, davon zu erzählen, wie schön die oberirdische Welt sei und wie gern sie dort leben wollten. Nach ihrem Plan sollten alle Dorfbewohner mit ihnen dorthin wandern, doch nicht jeder war von ihren Worten überzeugt. So begannen die Männer, ihre Familien und ihre Verwandten für das Vorhaben zu begeistern, und tatsächlich wuchs allmählich die Zahl derer, die sich auf die Reise vorbereiteten.
Am festgesetzten Tag fand sich fast die Hälfte aller Dorfbewohner ein, um den Weg in die oberirdische Welt anzutreten. Zuerst gingen sie durch das Grasland, gerade so, wie die beiden Jäger gegangen waren, und schließlich gelangten sie in jene unbekannte Gegend, wo sie den Eingang der Höhle fanden. Hier folgten sie der Steigung. Kurz bevor sie den

oberen Ausgang erreichten, erschien wieder die schöne Frau und winkte ihnen wie zum Empfang lächelnd zu. Die Frau schritt voran, und die Umsiedler folgten ihr. Dann traten alle hinaus ins Freie, und dort drehte sich die Frau plötzlich um. Die Dorfbewohner erstarrten vor Schreck. Vor ihnen stand Anogite, die zweigesichtige Frau, die ihnen nun nicht länger ihr anmutiges Antlitz zuwandte, sondern das zweite Gesicht, eine häßliche und gräßlich anzusehende Fratze.

Höhnisch grinste sie die Menschen an. »Die Dinge sind hier oben sehr viel anders als in eurer unterirdischen Welt, in die ihr nun nicht mehr zurückkehren könnt. An manchen Tagen wird es so sein, wie es die beiden Jäger vorfanden, als sie zum ersten Mal hier waren. Alles grünt, die Sonne scheint, und das Leben ist sorgenfrei. Aber es wird auch Tage geben, an denen sich Unwetter über euch zusammenbrauen und es beschwerlich sein wird, genügend Eßbares zu finden. Dann werdet ihr wissen, daß es keine Welt gibt, in der alles Leben heiter ist. Ihr solltet nicht immer alles bereitwillig glauben, was euch Fremde erzählen.« Nach diesen Worten aber verschwand Anogite.

So kamen die Menschen auf die Erde, wo sie heute noch leben. Bald zeigte sich, wie wahr die zweigesichtige Frau gesprochen hatte. Nicht immer lebten sie im Überfluß, manchmal gab es Hunger oder Krankheiten, und für ihr Auskommen mußten sie mehr arbeiten als an jenem Ort, an dem sie vorher gelebt hatten. Bei weitem war diese Welt nicht so schön und einladend, wie sie die beiden Jäger geschildert hatten.

Eine Rückkehr in die unterirdische Welt ist aber unmöglich, denn seither ist der Zugang zu jener Höhle verborgen. In der unteren Welt gibt es noch immer Menschen, die nicht in die Oberwelt gegangen sind und weiter so leben,

wie es einst üblich war. Und bis heute gibt es Menschen mit einem doppelten Gesicht, das so freundlich, aber auch so abweisend ist wie das Antlitz von Anogite.
Doch dies ist nur eine Geschichte, die davon erzählt, wie die Menschen auf die Erde kamen. Sie sind nicht alle gleichzeitig in die Oberwelt gegangen und erreichten die Oberfläche an verschiedenen Orten. Deshalb erzählt man sich noch viele andere Geschichten darüber, wie die Menschen auf die Erde kamen, und an jedem Ort hören sich die Erzählungen anders an. Weil aber die Menschen an den einzelnen Orten auf der Erdoberfläche jeweils andere Gegebenheiten vorfanden und unterschiedliche Dinge vom Leben lernten, sind sie bis heute verschieden und sprechen auch unterschiedliche Sprachen.

Die Kraft des Großen Bärensees

Im nördlichen Grasland gibt es einen ganz besonderen See, den einige Dakota den Großen Bärensee nennen, andere aber Geistsee. Sein Wasser hat eine außergewöhnliche Kraft, von der man seit uralten Zeiten sagt, sie könne Wesen verändern, wenn sie darin eintauchen.

In einer fernen Vergangenheit gab es in dieser Gegend noch keine Menschen, und die Tiere waren von anderer Gestalt als heute. Viele waren größer und hatten mächtige Zähne, mit denen sie sich gegenseitig zerfleischten. Sie befanden sich in dauerndem Kampf miteinander. Wenn sie sich gegenseitig töteten, geschah dies nicht, um ihren Hunger zu stillen, sondern aus Lust am Töten. Die Welt war voller Gewalt, Streit, Kampf und Blut. Alles war auf Zerstörung und Vernichtung ausgerichtet. Am schlimmsten aber wüteten die Wakinyan, die Donnerwesen, die damals sehr viel wilder und ungestümer waren als heute. Wo immer der Blitz auftauchte, schlug er zu und tötete alle Wesen, die sich in seiner Nähe befanden. Der Donner aber war so laut, daß die Erde erzitterte, wann immer er sich hören ließ, und viele Kreaturen wurden taub von seinem Schall. Immer blieben die Donnerwesen in Bewegung, überall trieben sie ihr Unwesen und töteten hier und dort.

Nahe am Großen Bärensee befindet sich ein einzelner Berg, den die Dakota Herzberg nennen. In jenen wirren Zeiten lebte dort ein Wesen, von dem niemand genau zu sagen weiß, wie es aussah. Manch einer aber glaubt, daß es einem Bären glich oder vielleicht sogar jener Bär war, von dem der See seinen Namen erhielt. Doch da es niemand mit Gewiß-

heit sagen kann, wird dieses Tier von den Dakota nur das Wesen vom Herzberg genannt.
Dieses Wesen bewohnte eine Höhle, wo es die langen Wintermonate über geschlafen hatte. Jetzt, im Frühling, war es erwacht. Mit den wärmenden Sonnenstrahlen kamen aber auch die Donnerwesen zurück ins nördliche Grasland und wüteten übler als je zuvor. Der Blitz steckte an vielen Stellen das Gras in Brand und tötete alles Leben, das er nur finden konnte. Der Donner war lauter als je zuvor, und die Erde zitterte so stark unter seinem Schall, als würde sie beben. Getrieben vom groben und ungestümen Treiben der Donnerwesen waren die Tiere noch angriffslustiger als früher. Sie brüllten und fauchten und waren fortwährend in Kämpfe verstrickt.
Da stellte das Wesen vom Herzberg die Donnerwesen zur Rede. »Wakinyan, ihr wißt, das die Erde eine Bestimmung hat, sie soll von einer bestimmten Art sein. Aber die Tiere, die hier leben, tun alles, um dieser Bestimmung entgegenzuwirken. Alle sind wild und kämpferisch und zerfleischen sich gegenseitig. Ihr aber seid die wildesten Wesen von allen, und euch nehmen sie zum Vorbild. Würdet ihr euch also ändern und ruhiger werden, wären auch die Tiere friedfertiger und würden nur noch töten, um ihren Hunger zu stillen.«
»Nun«, erwiderten die Donnerwesen, »wir mögen die Welt so, wie sie ist. Aus unserer Sicht sollte sich nichts ändern, alles soll so bleiben, wie es ist. Wenn der Blitz niederfährt und alles Leben tötet, dann riechen die Tiere Blut, und sie beginnen zu kämpfen. Uns gefällt das.«
Trotzdem aber schienen die Worte des Wesens vom Herzberg Eindruck gemacht zu haben. »Wenn sich das Leben hier auf der Erde verändern soll«, fuhren die Wakinyan fort, »dann soll darüber ein Wettkampf entscheiden. Sollten wir

dabei verlieren, würden wir uns künftig zähmen, und die Erde könnte ihrer Bestimmung näher kommen. Gewinnen wir aber, soll es weitergehen wie bisher, vielleicht sogar noch wilder. Der Blitz tötet Leben, der Donner erschüttert die Erde, und die Tiere zerfleischen sich gegenseitig.«

Das Wesen vom Herzberg nickte zustimmend.

»Wie wäre es mit einem Wettlauf«, fragten die Wakinyan, »einem Wettlauf rund um den Großen Bärensee, dessen Wasser über all diese geheimnisvollen Kräfte verfügt?«

»Einverstanden«, entgegnete das Wesen vom Herzberg, »wir werden vier Tage rund um den See um die Wette laufen. Solltet ihr gewinnen, wird es so weitergehen wie bisher, gewinne aber ich, so soll aus der Erde ein Ort werden, auf dem alle Kreaturen friedlich miteinander leben.«

Sofort begaben sich beide Parteien an die Vorbereitungen für den Wettlauf. Übermütig vor Freude und siegessicher schlug der Blitz hier und dort ein, und der Donner grollte, soviel er nur konnte, und ließ die Erde erbeben. Das Wesen vom Herzberg hegte hingegen Zweifel daran, ob es überhaupt zu schaffen war, gegen die Wakinyan zu gewinnen. »Ich bin sicher viel zu langsam. Wie könnte es mir nur gelingen, den Lauf zu gewinnen? Vor allem der Blitz ist so schnell.« Dann aber dachte er: »Doch es muß mir gelingen, den Zustand dieser Erde zu verändern.«

Versunken in solche Gedanken, sah das Wesen vom Herzberg plötzlich das Kaninchen vor sich stehen. »Ich werde dich unterstützen«, sagte es. Das Wesen vom Herzberg wußte, daß das Kaninchen das einzige Tier war, das nicht kämpfte, weil es schwach war und voller Furcht. Immer rettete es sich allein durch Flucht vor seinen Feinden. Trotzdem bedankte sich das Wesen vom Herzberg für die angebotene Hilfe.

Schließlich kam der Tag des Wettlaufs, und die Wakinyan

hatten sich in eine Gestalt verwandelt, die Beine besaß und fast so aussah wie eines jener Tiere, die damals die Erde bevölkerten. Doch sprangen aus ihren Augen fortwährend Blitze, und wann immer es seinen Mund auch nur ein wenig öffnete, grollte der Donner.

Alle Tiere hatten sich am See versammelt, denn sie hatten gehört, daß der Ausgang des Wettlaufs ihr künftiges Leben auf der Erde bestimmen würde. Gespannt sahen sie den Läufern zu, und am ersten Tag lagen die Donnerwesen mit ihren schnellen Bewegungen stets in Führung, und das Wesen vom Herzberg blieb trotz der Unterstützung des Kaninchens weit zurück. Aber der Weg führte auch über sehr hügeliges Gelände, und hier bot sich dem Wesen vom Herzberg stets die Möglichkeit, aufzuholen, da die Wakinyan nur mühsam vorankamen. So war das Rennen am zweiten Tag sehr viel ausgeglichener.

Jene Tiere, die das wilde Leben der Vergangenheit fortsetzen wollten, jubelten immer, wenn die Donnerwesen in Führung lagen, und feuerten sie an. War aber das Wesen vom Herzberg an der Spitze, freuten sich jene Tiere unter den Zuschauern, die ein friedvolleres Dasein herbeisehnten. Auch am dritten Tag war das Rennen noch unentschieden, denn das Wesen vom Herzberg nutzte seinen Vorteil in den Hügeln. Am vierten Tag erschien ein Vogel und sagte, er wolle voranfliegen. Wann immer nun der Vogel vor dem Wesen vom Herzberg herflog, lag dieses in Führung. Ruhte es aber auch nur einen Augenblick, übernahmen die Wakinyan die Spitze. Noch war das Rennen sehr ausgeglichen, doch dann übertrug das Kaninchen dem Wesen vom Herzberg all jene Kraft, die es aus seiner Friedfertigkeit gewann, und so lief das Wesen so schnell und behende wie nie zuvor. So gelang es ihm, die Donnerwesen in den Hügeln zu schlagen.

Die Wakinyan aber räumten die Niederlage ein und berieten zusammen mit dem Wesen vom Herzberg, was zu tun sei, um den Kampfeswillen der Tiere in eine friedvollere Art zu verwandeln. »Du hast gewonnen«, sagten die Donnerwesen, »und wir werden künftig weniger ungestüm sein. Der Blitz wird nur noch selten töten, und der Donner wird die Erde nicht länger erbeben lassen. Nun nimm aber all die Tiere, die sich hier versammelt haben, und schicke sie in den See. Dort sollen sie baden, und wenn sie aus dem Wasser herauskommen, werden sie friedlicher sein, denn dies ist ein besonderes Wasser, das heilende Kräfte in sich birgt.«
Und so geschah es. Nachdem die Tiere im Wasser gebadet hatten, kamen sie zurück ans Ufer und verhielten sich viel friedvoller als zuvor. So wurden sie jene Tiere, die wir heute kennen. Da sie nun nicht mehr so heftig miteinander kämpften, schlossen sich einige zu Herden oder Rudeln zusammen. Andere zogen es vor, fortan allein zu leben.
Das Wesen vom Herzberg aber ging zurück zu seiner Höhle. In dieser Nacht hatte es einen ganz besonderen Traum. Vor ihm stieg das Bild auf von einer schönen zweibeinigen Kreatur, die ganz in Hirschleder gekleidet war. Ihre langen Haare aber trug sie in zwei Zöpfen geflochten. Niemals zuvor hatte das Wesen vom Herzberg einen Menschen gesehen. Es wird gesagt, daß es die Ahnfrau jenes Klans war, den man Größeres Bärenhaus nennt. Am nächsten Tag waren Menschen im Land.

Der Stern und die Präriepappel

Vor langer Zeit, als die Erde noch jung war, konnten die Sterne am Himmel miteinander sprechen. Sie wanderten dort oben umher und schauten herab auf die Erde. So sahen sie, was in den Dörfern vor sich ging, in denen die Menschen lebten. Ein kleiner Stern war besonders neugierig und fühlte sich von allem angezogen, was er auf der Erde sah. Am liebsten wanderte er am Himmel von einem Ort zum anderen, um die Erde noch genauer betrachten zu können, denn er wollte nichts von dem versäumen, was die Menschen taten.

Eines Tages beschloß er, auf die Erde herabzusteigen, um alles aus der Nähe zu sehen. Wißbegierig lief er über die ganze Erde und sah, wie verschieden die Menschen waren und wie mannigfaltig ihr Leben war. Er wollte soviel wie nur irgend möglich sehen und schaute zu, wie die Frauen Früchte und Wurzeln sammelten und wie die Männer jagten, er hörte, wie die Alten Geschichten erzählten und wie die Kinder spielten. In vielen Dörfern verweilte er ein wenig und wurde immer wieder angezogen von den vielen Geräuschen und den Klängen, die er hörte, denn der Himmel war sehr viel stiller.

Auf seiner Reise gelangte der kleine Stern schließlich auch in das Grasland, und hier erspähte er ein Dorf der Dakota. Er kam ganz nahe heran und hörte Klänge und Stimmen von einer Art, wie er sie auf all seinen Reisen am Himmel und auf der Erde noch niemals gefunden hatte. Dieser Ort war so beeindruckend und anziehend, daß er hier länger blieb als in den anderen Dörfern zuvor. Die Pracht und Fülle der Klänge taten ihm wohl.

Eines Nachts aber schaute er hinauf zum Himmel und sah, wie dort die Sterne glitzerten. »Ach«, dachte er, »dort oben sind meine Brüder, Schwestern und auch meine Freunde, dort sollte auch ich sein. Ich gehöre in den Himmel zu meinen Verwandten.«

So kehrte der kleine Stern zurück in den Himmel und begab sich zu jenem Platz, an dem er sich gewöhnlich aufhielt. Die Erinnerung an jenes Dorf der Dakota und seine Klänge ließ ihn jedoch nicht mehr los, sie fesselte ihn und hielt ihn so gebannt, daß er sich dort oben im stillen Himmel sehr einsam fühlte. »Ich wünsche so sehr«, grübelte er, »diese Klänge, Stimmen und Geräusche wieder zu hören. Wie gern würde ich an diesen Ort zurückkehren.«

Bald darauf hielten die Sterne eine große Ratsversammlung ab, und so meldete sich der kleine Stern zu Wort, denn er wollte seinen Wunsch bekanntgeben.

»Hört mich an, ihr Sterne«, sagte er, »ich bin über den ganzen Himmel gewandert und habe hier alles gesehen. Dann stieg ich hinab zu jenem Ort, den man Erde nennt, und auch dort bin ich an vielen Plätzen gewesen. Vor allem aber habe ich die Dörfer besucht, in denen die Menschen leben, und eines dieser Dörfer ist von einer ganz besonderen Art, denn es gibt Töne, Stimmen und Klänge, die nirgendwo sonst zu hören sind. Ich sehne mich so sehr nach dem, was ich hörte, daß ich in dieses Dorf zurückkehren möchte.«

Der Rat aber wollte seinem Wunsch nicht entsprechen. »Nein«, sagten die anderen Sterne, »du wirst hier im Himmel auf deinem Platz bleiben. Dort unten auf der Erde würdest du nur stören. Die Menschen in den Dörfern haben viel zu tun. Sie jagen und sammeln Wurzeln und Früchte, sie bestellen ihre Gärten und bauen Erdhäuser. Ihr Leben ist sehr geschäftig. Wenn du dort unten die ganze Zeit über herumstehst und glitzerst, hältst du die Menschen nur von ihren täglichen Verrichtungen ab. Wenn sie aber müßig sind, haben sie nichts zu essen. Außerdem bist du ebenso ein Stern wie wir, und deshalb ist dein Platz hier oben bei uns.«

Da schwieg der kleine Stern und kehrte zurück an den Ort, wo er sich meistens aufhielt. Aber er konnte die herrlichen Töne und Klänge nicht vergessen, und die Erinnerung daran war deutlicher als je zuvor. Nach einiger Zeit trafen sich die Sterne wieder zu einer Ratsversammlung, um die Angelegenheiten des Himmels zu besprechen, und auch dieses Mal meldete sich der kleine Stern zu Wort. »Hört mich an, meine Brüder und Schwestern«, sagte er, »ich kann dieses Dorf auf der Erde nicht vergessen, und ich glaube, daß ich einen Weg gefunden habe, um die Menschen nicht zu stören und von ihren Arbeiten fernzuhalten. Kann ich also dorthin zurückkehren, wenn mir dies gelingt?«

»Solltest du wirklich zu vermeiden wissen«, antwortete der Rat, »daß die Menschen dort unten dein Glitzern entdekken, so geben wir dir die Erlaubnis, in jenes Dorf zurückzukehren. Aber du brauchst ein gutes Versteck oder eine gediegene Tarnung.«

So stieg der kleine Stern zur Erde herab und kehrte zurück zu dem Dorf der Dakota. Wieder drangen die wundersamen Klänge an sein Ohr, die ihn so sehr anzogen. »Ja«, dachte er, »ich muß hier bleiben, denn was ich höre, ist wohl und heilsam. Wo aber finde ich einen Platz, an dem mich die Menschen nicht entdecken?«

Er begann, die ganze Umgebung nach einem geeigneten Versteck abzusuchen. Schließlich fand er eine Präriepappel mit vielen Ästen und dichtem Laub. »Dort im Gezweig werde ich mich verstecken«, murmelte er, »niemand kann durch das Geäst hindurchsehen. Es ist ein sicherer Platz.«

Er stieg hinauf und hatte nun alle Muße, um sich den Tönen und Klängen hinzugeben, die er so sehr vermißt hatte. Er hörte, wie die Menschen miteinander redeten und über die Ereignisse im Dorf sprachen. Sie erzählten sich von erfolgreichen Jagdunternehmen und dem Fleiß der Frauen beim Früchtesammeln. Ein Mann hatte sich um das Dorf verdient gemacht, und eine Frau hatte ein gesundes Kind geboren. Andere Worte trösteten jene, die in Trauer um einen Angehörigen waren, und gaben ihnen Hoffnung. Die Menschen sprachen aber auch über die Fertigkeiten mancher Frauen bei ihren Handarbeiten und über die Kräfte von Heilern. Vor allem aber gefiel dem kleinen Stern, wenn die Menschen miteinander lachten. Und sorgfältig beobachtete er die Kinder, wenn sie lachend durch das Dorf gingen und über jene Dinge sprachen, die sie beschäftigten. Neben den Stimmen der Menschen gab es noch Töne, die bei ihren Arbeiten entstanden, und auch die Tiere waren zu hören. So lauschte der Stern, wie eine Frau Beeren zerstampfte, während eine andere eine Tierhaut abkratzte, um sie zu gerben. Tagsüber wieherten die Pferde, und nachts waren die Hunde zu hören, wenn sie Menschen oder Tiere anbellten, den Kojoten antworteten oder sich auch nur einfach miteinander unterhielten. Doch die schönsten Momente erlebte der Stern, wenn die Menschen ihre Zeremonien feierten, Lieder sangen, tanzten und ihre Trommeln und Rasseln schlugen. In ihren Liedern ehrten sie Menschen und berichteten von der Vergangenheit und dem Ursprung ihrer Feierlichkeiten. Ja, so klang es in dem Dorf, und man sagt, daß jener kleine Stern der erste war, der vom Himmel kam, um den Menschen zu lauschen. Seither sollen aber noch viele andere vom Himmel gekommen sein, und alle verstecken sich im dichten Laub von Präriepappeln. Deshalb, so sagt man, gibt es auf der Erde ebenso viele Sterne wie im Himmel.

Als das Steinwesen dem Spinnenmann half

Am Anbeginn irdischen Seins war alles flüssig, doch allmählich wurden Dinge und Wesen fester und nahmen Gestalt an. Als erster verfestigte sich Inyan Hokshi, das Steinwesen, durch das erst alles Leben auf Erden möglich wurde, denn es war die Erde selbst. Inyan Hokshi sorgt seither für Ausgeglichenheit und Zufriedenheit aller Erdenbewohner. In seiner eigentlichen Gestalt als Steinwesen ist es für Menschen unsichtbar. Deshalb erschien Inyan Hokshi in einer fernen Zeit in Gestalt eines Menschen und lebte in einem Dorf der Dakota.

In einem benachbarten Ort hatte das Oberhaupt des Dorfes eine ausnehmend schöne Tochter. Die Familien von Inyan Hokshi und dieser jungen Frau sprachen über eine Vermählung ihrer Kinder und beschlossen, Shayapi durchzuführen, ihre Verheiratung. Auf den üblichen Austausch von Gaben sollte jedoch verzichtet werden, und der Bräutigam sollte den Brauteltern nicht, wie üblich, Pferde und andere Geschenke überreichen. Ja, so hatte man verabredet, Inyan Hokshi sollte sogar ohne seine Familie bei den Brauteltern erscheinen, und sein Brautpreis bestand allein aus dem Versprechen, das Dorf aus einer großen Not zu erlösen, denn der Ort wurde von zwei gefährlichen Tieren bedroht, die bisher noch niemand hatte unschädlich machen können.

Zum einen wütete dort Chetan, ein riesiger Raubvogel, der einem Habicht glich, doch über viel mächtigere Krallen und einen gierigen Schnabel verfügte, der alles an Schärfe übertraf. Immer wieder hatte man versucht, das Untier in eine Falle zu locken oder es mit Pfeil und Bogen zu töten, doch

waren all diese Vorhaben fehlgeschlagen. Der Vogel hatte besondere übernatürliche Fähigkeiten. Jäh stieß er von oben aus der Luft herab und stahl alle Speisen, so daß die Menschen nichts zu essen hatten. Da er immer wieder Nahrung und Vorräte raubte, war der Hunger groß im Dorf.
Das zweite Tier war eine gefährliche riesige Katze, die einem mächtigen Berglöwen glich. Auch sie trieb im Dorf ihr Unwesen und versetzte die Menschen in Angst und Schrecken. Schlimmer aber war, daß ihr lautes Fauchen und Brüllen die Pferde in so große Panik versetzte, daß sie sich losrissen und flüchteten. Deshalb hatten die Jäger schon lange nicht mehr ausreiten können.
Nun aber hatte man in diesem Dorf von Inyan Hokshi, dem Steinwesen, gehört, der so wundersame Taten vollbrachte. Er sollte die beiden unheilvollen Tiere töten, und zum Dank durfte er sich mit der schönen jungen Frau verheiraten. Inyan Hokshi nahm das Angebot an und bereitete alsbald seine Wanderung vor. All seine Verwandten unterstützten ihn dabei. Sie nähten ihm eine Hose und ein Hemd aus zartem Wildleder und verzierten die Kleidungsstücke mit besonders schönen Stachelschweinborsten. Ein alter weiser Mann übergab ihm einen treffsicheren Pfeil und Bogen, mit dem er die beiden verderbenbringenden Kreaturen erlegen konnte. So zog Inyan Hokshi aus in seiner prachtvollen Kleidung, und um seine Schulter hingen der Bogen und ein großer Köcher voller Pfeile.
Zur gleichen Zeit hatte sich auch Unktomi, der Spinnenmann, wieder einmal hungrig auf den Weg gemacht, um seine ziellosen Wanderungen durch das Grasland fortzusetzen. Seine Kleidung war an diesem Tag besonders zerlumpt und beschmutzt mit fetter Erde. »Wie gut wäre es«, dachte er, »wenn ich ein schönes Hemd und eine hübschere Hose hätte. Ich wünschte, es gäbe jemand, der mir ansehnliche

Kleidung fertigte. Mein Leben würde sich bestimmt sehr verändern, hätte ich doch nur ein besseres Gewand.«
Tief in solche Gedanken versunken, sah Unktomi plötzlich in einiger Entfernung, wie Inyan Hokshi in prachtvoller Kleidung durch die Prärie wanderte. Und sofort gab es für ihn nur noch ein Ziel: »Diese Kleidung muß ich haben! Sie soll mein sein!«
Schnell eilte er zu einer Stelle, an der Inyan Hokshi vorbeikommen mußte, und schnürte eilig aus seinem Umhang ein Bündel zusammen, das er mit Blättern und Zweigen füllte. Dann trug er das Bündel hinauf in das Geäst eines Baums, stieg wieder herab, schritt hin und her und wartete auf das Steinwesen. Dabei bemühte er sich, möglichst niedergeschlagen und traurig auszusehen.
»Guten Tag, Spinnenmann«, sagte Inyan Hokshi, als er herangekommen war, »warum siehst du nur so unsäglich sorgenvoll aus?«
»Ach, kleiner Bruder«, antwortete Unktomi, »da war dieses schreckliche Wesen, das mein Bündel hinauf in den Baum getragen hat. All meine Vorräte und auch meine Kleidung zum Wechseln sind darin.«
Mit einem Mal blickte der Spinnenmann noch elender drein. »Aber sieh mich doch nur an, mir geht es schlecht, sehr schlecht sogar, und in dieser Verfassung ist es mir unmöglich, dort hinaufzuklettern und mein Bündel herabzuholen. Vielleicht könntest du mir helfen und auf den Baum klettern. Dann könnte ich etwas essen und auch meine Kleidung wechseln.«
»Aber natürlich werde ich dir helfen«, erwiderte Inyan Hokshi und machte sich gleich daran, das Geäst zu erklimmen.
»Warte doch, so warte doch«, rief da der Spinnenmann, »deine Gewänder sind so rein und schön, du gehst bestimmt zu einem ganz besonderen Ort, denn du hast dich prachtvoll

gekleidet. Doch wenn du den Baum hinaufkletterst, kleiner Bruder, legst du besser Hemd und Hose ab, du könntest sie beschmutzen oder zerreißen.«

»Ganz recht, Spinnenmann«, entgegnete das Steinwesen, »ich bin auf dem Weg in das Dorf, das hinter den Hügeln liegt. Die Menschen dort leiden unter den Angriffen von einem Habichtvogel und einer riesigen Katze. So haben sie um meine Hilfe gebeten. Aber sie haben auch verabredet, daß ich mich mit der Tochter ihres Oberhaupts vermählen soll. Ich trage also das Gewand für meine Hochzeit.«

»Aber dann solltest du es wirklich ablegen, wenn du auf den Baum kletterst. Lege deine Kleidung hierhin und auch deinen Pfeil und Bogen, ich werde schon aufpassen und darauf achten, daß nichts abhanden kommt.«

So zog also Inyan Hokshi sein Gewand aus und legte auch Pfeil und Bogen ab und stieg nur mit seinem ledernen Lendenschurz bekleidet den Baum hinauf. Er wollte gerade das Bündel ergreifen und es zu Boden werfen, als der Spinnenmann von unten hinaufrief: »Haltet ihn fest, so haltet ihn schon fest.«

Da legten sich die Äste um Inyan Hokshi und hielten ihn mit festem Griff. Der Spinnenmann aber lachte laut und hämisch: »Da gibt es doch tatsächlich Leute, die einfach alles glauben, was man sagt. Ich kann mir kaum vorstellen, daß sie nicht wissen, wie es hier auf dieser Erde zugeht.«

Oben im Geäst war Inyan Hokshi gefangen, unten auf dem Boden aber zog Unktomi seine zerlumpte und schmutzige Kleidung aus und legte statt dessen das prachtvolle Gewand des Steinwesens an. »Nun werde ich es sein«, sagte er, »der in das Dorf geht und sich mit der schönen jungen Frau vermählt. Und mit deinem schlagkräftigen Pfeil und Bogen wird es mir schon gelingen, jene Tiere zu erlegen, unter denen das Dorf leidet.«

So ließ er also Inyan Hokshi in seiner mißlichen Lage zurück und machte sich voller Stolz über seine Beute auf den Weg in das Dorf. Er fühlte sich sehr vornehm und prächtig in seinem neuen Gewand, an dem er immer wieder hinunterschaute. Und während er durch das Gras schritt, betrachtete er ständig seinen Schatten, der ihm nun viel schöner als vorher erschien. »Wie wird es wohl sein«, dachte er, »wenn ich das Dorf erreiche? Sicherlich wird ihr Ausrufer, der Eyapaha, meine Ankunft bekanntgeben, wenn er mich in der Ferne erblickt. Ein Ausrufer geht ja immer durch das Dorf und gibt die Neuigkeiten und Ereignisse des Tages bekannt. Und wenn er mich nun sieht in meinem prächtigen Gewand, was wird er sagen? Endlich ist das Steinwesen da, wird er wohl rufen. Ich aber werde ganz ruhig weitergehen, und nachdem ich angekommen bin, werde ich dort stehen und den Menschen meine Ankunft verkünden. Sicherlich werden mich die Leute um meines Gewandes willen bewundern.«
So schritt er voran und erreichte das Dorf. Und tatsächlich rief der Ausrufer: »Inyan Hokshi ist angekommen, jener, der die schöne Tochter des Oberhaupts heiraten wird.«
Der Spinnenmann war außer sich vor Freude und Stolz und dachte an nichts anderes, als daß er von nun an immer mit solchen Ehrbekundungen empfangen würde: »So wird künftig mein Leben sein, ein Dasein voller Lob und Preis.«
Während alle noch freundlich miteinander sprachen, kam plötzlich Chetan, der Habichtvogel, und raubte alle Speisen, die für die Ankunft von Inyan Hokshi vorbereitet worden waren. Nicht einmal ein Rest vom Trockenfleisch, dem getrockneten Gemüse und dem Trockenobst blieb übrig. Die Menschen flüchteten in ihre Erdhäuser.
Da sagte das Oberhaupt des Dorfes: »Siehst du nun, Schwiegersohn, wir holten dich wegen dieses Vogels, der uns so

großes Elend bereitet, denn wir hörten, du hättest die Kraft, gegen ihn anzukämpfen.«

»Freilich werde ich euch helfen«, sagte der Spinnenmann und griff nach Pfeil und Bogen, »haltet die Büffelhaut von der Türöffnung weg. Wenn Chetan wieder vorbeifliegt, werde ich mit Pfeilen nach ihm schießen und ihn töten.«

So wartete der Spinnenmann in der offenen Tür, aber als das Tier zurückkam, verfehlte sein Pfeil das Ziel. Wieder und wieder flog der Vogel heran, und stets schoß Unktomi mit seinen Pfeilen, doch keiner traf. Verwundert hatte die Familie der Braut den Spinnenmann beobachtet, und nun warfen sie sich Blicke zu. »In seinem Dorf sagten sie, sie würden Inyan Hokshi schicken, der könne vieles verrichten, wo andere versagen.«

In der Nacht hörte man das Brüllen der riesigen Katze. Sie kam heran, und die Pferde rissen an ihren Stricken, um sich zu befreien, denn sie wollten flüchten und sich in Sicherheit bringen. Wieder verbargen sich die Menschen voller Furcht in ihren Erdhäusern. Würde die Katze auch heute Pferde töten? Da wandte sich das Oberhaupt des Dorfes erneut an den Spinnenmann: »Jetzt wütet der andere Unhold. Man hat gesagt, du könntest diese Katze töten, so daß wir sie nicht mehr fürchten müssen.«

»Ja, wartet nur und seht zu, wie ich sie töte«, sprach der Spinnenmann und griff nach seinen Waffen. Aber nochmals gingen seine Pfeile ins Leere, und die Katze wütete länger und ärger als je zuvor, bevor sie endlich verschwand. Im Dorf aber zweifelte man nun ernsthaft an der Wirkung der Pfeile und der Tauglichkeit von Inyan Hokshi.

Zur gleichen Zeit aber war es dem gefangenen Steinwesen gelungen, in der Sprache des Baumes zu sprechen, der ihn mit seinen Ästen festhielt. »Du sollst wissen«, sagte er, »daß ich Inyan Hokshi bin. Ich bin derjenige, nach dem man geschickt hat, um das Dorf von den Untieren zu erlösen und auch, um die Tochter des Oberhaupts zu heiraten. Ich hielt hier nur an, weil der Spinnenmann mein Mitleid erregte und mich um Hilfe bat. Für ihn bin ich heraufgeklettert, und du hältst mich hier gefangen.«

»Dann hat er auch mich genarrt«, erwiderte der Baum, »denn er erzählte mir, daß es sich genau umgekehrt verhalte. Er sei das Steinwesen und du seiest jener, der ihm das prachtvolle Gewand stahl. Nur mit einer List könne er das Gewand zurückgewinnen, hat er gesagt, als er hier oben sein Bündel verbarg. Er bat mich, dich festzuhalten, wenn du hier heraufgeklettert wärest. Und nach seinem Plan habe ich gehandelt.«

Der Baum reckte sich ein wenig, und die Äste lockerten ihren Griff. »Mein Irrtum tut mir leid«, sagte er, und Inyan Hokshi war frei. Er kletterte hinab und schlüpfte in die schmutzigen Lumpen vom Spinnenmann. Dann machte er sich auf den Weg in das Dorf, das er am nächsten Tag erreichte.

Am Rande der Ansiedlung traf er auf einige Menschen.

»Ich bin Inyan Hokshi, das Steinwesen«, stellte er sich vor.

»Inyan Hokshi«, sagten die Leute, »na, der ist doch schon hier. Aber er ist nicht so, wie man uns gesagt hat. Er versagt kläglich, wenn er den Untieren gegenübersteht. Ja, nicht einmal seine Pfeile treffen.«

»Der wirkliche Inyan Hokshi bin ich«, entgegnete das Steinwesen, »und ich werde es euch beweisen. Wo sind mein Pfeil und Bogen?«

»Die Waffen sind wohl dort drüben in dem neuen Erdhaus, das der andere Inyan Hokshi mit seiner Braut bewohnt.«

Das Steinwesen paßte einen Moment ab, als der Spinnenmann und seine Braut das Erdhaus verließen, dann ging er hinüber und nahm Pfeil und Bogen an sich. Unktomi hatte die Waffen achtlos abgelegt, denn seine neuen Gewänder

und vor allem auch seine Braut waren ihm viel bedeutender als das wohlgearbeitete Schußgerät. Kaum aber hatte das Steinwesen Pfeil und Bogen wieder in seinen Besitz genommen, erschien auch schon der riesige Habichtvogel. Wieder stieg er aus den Lüften herab, um Vorräte und Speisen zu rauben. Inyan Hokshi legte einen Pfeil an und traf das Untier mit einem einzigen Schuß.
»Schaut nur«, riefen die Leute, »dieser Mann hat den Vogel getötet, der soviel Unheil über uns gebracht hat. Ein einziger Pfeil genügte ihm.«
Als man aber dem Spinnenmann die gute Nachricht überbrachte, rief dieser: »Ach, das hätte ich auch gekonnt. Es wäre keine große Aufgabe für mich gewesen, aber ihr, ihr habt mir einfach nicht genügend Zeit gegeben.«
Als in der gleichen Nacht die Katze brüllend und fauchend in das Dorf einzog, wandten sich die Leute hilfesuchend an Inyan Hokshi: »Hörst du, die riesige Katze ist da. Wirst du uns noch einmal helfen und uns auch von diesem Untier befreien?«
Das Steinwesen aber versteckte sich, und als die Katze nahe genug herangekommen war, legte er einen Pfeil an, und auch dieser Unhold hauchte sein Leben aus. Da wußten die Leute im Dorf, daß endlich der wirkliche Inyan Hokshi erschienen war, und sie dankten ihm überschwenglich für seinen Beistand. Als sie aber erfuhren, wie Unktomi das Steinwesen zum Narren gehalten hatte, vertrieben sie den Spinnenmann und seine Braut aus ihrem neuen Erdhaus.
»Du bist der wirkliche Inyan Hokshi«, sagte das Oberhaupt des Dorfs, »und wir werden ein anderes prachtvolles Gewand für dich anfertigen. Du sollst meine jüngere Tochter zur Frau nehmen, die mein älteres Kind an Schönheit noch übertrifft.«
Und so geschah es.

Der Besuch des Bären

Im Dorf war die Nahrung knapp geworden, und so zog ein Dakota-Jäger aus zur Jagd, um Hirsche oder ein anderes Wildbret zu erlegen. Sein Ritt durch das Grasland führte ihn weit nach Norden, und schließlich befand er sich in einem Gebiet, das gewöhnlich die Jäger der Ojibway durchstreiften. Als der Dakota bemerkte, wo er sich befand, wurde er sehr wachsam und schaute sich immer wieder prüfend in allen vier Himmelsrichtungen um. Und tatsächlich, bald hörte er Geräusche von Pferdehufen, die sich ihm rasch näherten. Es war eine Gefolgschaft von Ojibway, die ihn aufgespürt hatte. Er trieb sein Pferd an, so schnell es zu laufen vermochte, um den Verfolgern zu entkommen, aber sie kamen immer näher.
So gelangte er in eine sehr hügelige und felsige Gegend, wo viele Höhlen zu finden sind. Bald sah er auch schon den Eingang zu einer großen Höhle, der sich am Felsen abzeichnete. Er stieg von seinem Pferd und ging hinein. Vielleicht würde er hier Zuflucht finden und sich vor seinen Verfolgern verbergen können. Doch als er sich umsah, entdeckte er Mato, einen großen Bären, der in einer Ecke schlief. Gerade aber in jenem Augenblick, als der Dakota den Bären sah, erwachte dieser mit lautem Knurren. Der Jäger erkannte sofort die doppelte Gefahr, in der er sich nun befand. »Hier in der Höhle«, dachte er, »wird mich der Bär töten, aber wenn ich mich draußen zeige, töten mich zweifelsohne die Ojibway. Ich werde mein Glück probieren und hier in der Höhle bleiben, dicht an die Wand gekauert.«
Da zeigten sich auch schon die ersten Ojibway im Eingang der Höhle. Der Bär aber erhob sich, ging auf sie zu, ergriff

einen Mann nach dem anderen und warf die Eindringlinge hinaus. Dies tat er mit jedem, der auch nur einen Schritt in die Höhle machte.
Staunend beobachtete der Dakota das Verhalten des Bären, und er dachte: »Wie ungewöhnlich dieses Tier doch ist. Andere Bären hätten mich angegriffen, denn ich war der allererste Eindringling in seiner Höhle. Wahrscheinlich wäre ich längst tot. Dieser Bär aber scheint mich zu verteidigen und wehrt die Ojibway ab.«
Als der Bär etliche Verfolger schwer verletzt hatte, zogen sich die Ojibway allmählich mit ihren Verwundeten zurück und ritten in ihr Dorf. Dort aber, so wird erzählt, haben sie von der Verfolgung eines Dakota berichtet, der ganz allein durch die Prärie streifte. Als sie ihn fast eingeholt hatten, so sagten die Ojibway, habe sich der Dakota in einer Höhle in einen großen Bären verwandelt, der alle Angreifer zurückschlug und viele verwundete.
Unterdessen hatte sich der Bär umgedreht und betrachtete den Dakota eindringlich. Der Jäger fürchtete sich und glaubte, nun würde das Tier ihn töten oder zumindest verwunden, aber da sprach der Bär ihn an. »Du bist zwar in meine Höhle eingedrungen, doch du siehst aus wie ein redlicher und rechtschaffener Mann. Deshalb habe ich dir geholfen.«
Der Bär machte eine Pause und fuhr dann fort: »Ihr Menschen wißt nicht immer, wie ihr euch helfen könnt, denn ihr seid noch nicht lange auf der Oberfläche der Erde. Deshalb werde ich dir und deinen Leuten zeigen, wie ihr euch besser versorgt. Wir Bären leben schon seit langer Zeit hier oben auf der Erde und haben ein großes Wissen angesammelt über Dinge, die ihr Menschen wissen solltet. Deshalb werde ich einiges von dem, was ich kann und weiß, mit euch teilen. Höre nun genau zu.«

Aufmerksam trat der Dakota nahe an den Bären heran. »Ich werde später im Sommer in euer Dorf kommen«, fuhr das Tier fort, »und bis dahin mußt du einige Vorbereitungen treffen. Wähle in deinem Dorf zwölf achtbare Männer aus, die sich pflichtgetreu um ihr Heim und ihre Familien kümmern. Lehre sie die Lieder, die ich dir nun vorsinge. Und sorge dafür, daß sie Hdahda, ihre Rasseln, bereithalten und die Lieder beherrschen bei meinem Besuch, wenn ich in einigen Monaten am Tag nach Vollmond bei euch in eurem Dorf sein werde. Bist du bereit?«
»Ja«, antwortete der Dakota, »ich höre dir genau zu.«
Der Bär sang vier Lieder und fügte dann hinzu: »Die Sänger müssen die Lieder mit einem Tanz begleiten. Ich zeige dir nun die Schritte.«
Und der Bär tanzte in der Höhle. »Unterweise die zwölf in diesen Schritten«, fuhr er fort, »die sie vorwärts und rückwärts ausführen müssen. Achte vor allem darauf, daß sie auch rückwärts tanzen können, denn dies ist eine außerordentliche Befähigung, die einem Tänzer besondere Kraft verleiht.«
Der Bär machte eine Pause, dann sprach er weiter. »Noch etwas anderes verleiht uns außergewöhnliche Kräfte, nämlich unsere Nahrung. Wir Bären essen ganz besondere Dinge, es sind Früchte, Nüsse und Samenkörner von verschiedenen Pflanzen.« Und er nannte alle Früchte und Körner, die er für Menschen als gut befand.
»Es gibt aber noch etwas«, fuhr er fort, »das wir oft suchen und sehr gern essen. Es ist der Honig der Bienen. Jeder der zwölf soll die Früchte, Nüsse, Körner und auch Honig sammeln bis zu dem Tag, an dem ich komme. Jeder soll Chega, einen Tontopf, bereithalten, in dem die Speisen zubereitet werden. Bei meiner Ankunft aber sollen die Töpfe in einer Reihe aufgestellt sein, und jeder der zwölf soll bei seinem

Topf stehen, Lieder singen und eine Rassel schlagen. Diese Zeremonie soll am frühen Morgen stattfinden, wenn der Morgenstern aufgeht, dann sollen die Töpfe bereit sein und der Gesang beginnen. Von nun an werdet ihr diese Zeremonie einmal im Jahr durchführen, und sei versichert, alle Menschen in deinem Dorf werden von da an stark werden und gesund bleiben. Doch noch eines – sorge dafür, daß sich außer den zwölfen niemand zeigt. Bis auf jene, die singen, sollen alle in ihren Erdhäusern bleiben. Keiner darf sehen, wie die Männer singen und tanzen.«

Noch einmal beobachtete der Mann genau, was der Bär vormachte. Auch merkte er sich gewissenhaft die Nahrung, die das Tier ihm auswies. Als es Nacht wurde, blieb er in der Höhle und ließ sich am Stand des Mondes zeigen, wann der Bär kommen wollte.

Dann kehrte er in sein Dorf zurück und folgte den Unterweisungen des Tieres. Zuerst versammelte er die zwölf, die ihm am geeignetsten für die Zeremonie erschienen. Er erzählte ihnen von seinen Erlebnissen auf der Jagd und von den Lehren des Bären. Dann fragte er jeden der zwölf Männer, ob er ein Auserwählter für die Zeremonie sein wolle, und alle stimmten zu. In den nächsten Tagen und Wochen lernten sie die Lieder und die Tänze, und jeder sammelte in einem Tontopf jene Früchte, Nüsse und Körner, von denen der Bär gesprochen hatte. Und alle suchten Honig. Die Töpfe enthielten nicht nur Speisen, sondern auch Heilmittel für manche Krankheit, an der die Menschen litten.

Am angegebenen Tag waren die Männer gleich nach dem Aufgang des Morgensterns bereit. Sie standen bei ihren Töpfen, schüttelten ihre Rasseln, sangen die Lieder und tanzten. Bei Sonnenaufgang erhob sich ein kräftiger Wirbelwind, der aus allen vier Himmelsrichtungen zu blasen schien. Plötzlich war der Bär im Dorf. Er ging auf die zwölf

zu und betrachtete jeden genau von oben bis unten. Einige der Männer begannen sich zu fürchten, aber alle sangen und tanzten gerade so weiter, wie es der Bär verlangt hatte, vorwärts und rückwärts. Dann schritt das Tier die Reihe der Tontöpfe ab, tauchte seine Tatze in jedes Gefäß und kostete von allen Speisen und den Medizinen.
Schließlich stellte er sich vor die zwölf und sagte: »Euer Gesang war gut, euer Tanz war gut, und auch die Speisen sind wohlgeraten. Ich werde nun das Dorf verlassen. Wenn ich weg bin, ruft alle Bewohner zu diesem Platz, denn jeder soll von den Speisen essen, die in diesen zwölf Töpfen sind. Und sorgt dafür, daß die Menschen von nun an immer ihre Speisen so zusammenstellen, wie ich es euch gesagt habe. Ihr werdet euch stets bester Gesundheit erfreuen.«
Mit diesen Worten verließ der Bär das Dorf.
Dies aber ist nur eine der vielen Geschichten, die davon erzählen, was einst die Menschen von den Tieren lernten. Der Bär ist vor allem als jener Lehrmeister bekannt, der die Menschen im Gebrauch von Pflanzen und Heilmitteln unterwies. Zwei Klane der Dakota sind dem Bär besonders verbunden. Es ist das Haus des Größeren Bären und das Haus des Kleineren Bären. Aus beiden Klanen sind viele Heiler hervorgegangen. Der Tanz des Bären, bei dem die Tänzer das Tier nachahmen, wird bis heute getanzt.

Die Frau, die vom Himmel fiel

Als die Menschen schon einige Zeit in der oberirdischen Welt lebten, standen die Sterne noch nicht so am Himmel, wie wir sie heute kennen. Es gab noch keine Ordnung, einige von ihnen befanden sich ständig auf Wanderschaft und waren einmal an diesem und ein anderes Mal an jenem Ort zu sehen. Auf der Erde aber lebte eine Familie, die hatte zwei Töchter. Beide waren freundlich und mitfühlend zu allen Menschen. Eines Nachts lagen die beiden nahe bei der Feuerstelle in ihrem Erdhaus und schauten durch den Rauchabzug hinauf zu den Sternen. Zwei der Himmelskörper fielen ihnen besonders auf, denn sie standen nahe beieinander, und einer von ihnen war heller als viele andere Sterne.

»Ach«, seufzte die ältere der Schwestern, »wie gern wäre ich die Gemahlin von einem dieser Sterne dort oben und würde im Himmel leben.«

»Ja, Schwester«, sagte die jüngere der beiden, »mir geht es genauso.«

»Könnte ich wählen«, erwiderte die erste, »so würde ich mich für jenen Stern entscheiden, der ganz hell dort oben leuchtet.«

»Nun«, sagte die zweite, »ich möchte vor allem im Himmel leben, und mein Stern muß nicht besonders hell sein. Aber ich würde mich für jenen entscheiden, der deinem Hellen so nahe ist.«

Niemand vermag zu sagen, wie es geschah, aber nur wenige Augenblicke nach diesem Gespräch waren die beiden Frauen im Himmel. Die jüngere Schwester war die Gattin jenes Sterns, der nicht so hell leuchtet, und lebte fortan an

seiner Seite ein sehr glückliches und erfülltes Leben. Die ältere Schwester war hingegen mit dem ausnehmend hellen Stern verheiratet, der ein älterer und sehr weiser Mann war. Die Frau war zunächst ein wenig verwundert, daß ein so heller Stern nicht mehr ganz jung sein konnte, doch sie war sehr verständig und liebte ihren Gatten sehr. Sie tat alles, um ihm eine gute Frau zu sein. Stets war der ältere Stern geschäftig und wanderte zwischen vielen verschiedenen Orten am Himmel hin und her. Die Frau aber fand Gefallen daran, ihn auf seinen Wanderungen zu begleiten.
War das Paar jedoch zu Hause, bemühte sich die Mutter des älteren Sterns, ihre junge Schwiegertochter mit den Gewohnheiten des Himmels vertraut zu machen und ihr die Eingewöhnung an ihre neue Umgebung zu erleichtern. Oft erinnerte sie die junge Frau daran, daß viele Wesen und Dinge im Himmel verschieden von den Gegebenheiten auf der Erde waren.
»Du mußt sehr vorsichtig sein und sorgfältig aufpassen auf alles, was du tust. Ich weiß, daß du eine fleißige Frau bist und alles unternimmst, um uns hier oben beizustehen, aber sei achtsam bei deiner Arbeit und bei allen deinen Unternehmungen. Vor allem einige Pflanzen hier im Himmel sind gefährlich und vollkommen anders als auf der Erde, obwohl sie ganz ähnlich aussehen.«
Die Zeit verging, und schließlich bemerkte die junge Frau, daß sie schwanger war und ein Kind bekommen würde. Trotzdem verrichtete sie fleißig ihre Arbeiten im Haus und zog mit ihrer Schwester und den anderen Frauen aus, um ihm Grasland nach eßbaren Wurzeln zu graben. Es war jene Jahreszeit, in der die Frauen nach dem Prärierettich suchten.
»Sei wachsam, liebe Schwiegertochter«, warnte die Mutter des hellen Sterns, »sei wachsam und sieh dich vor. Hier im

Himmel gibt es Rettiche und andere Pflanzen, die nur so aussehen wie im Grasland dort unten auf der Erde. Tatsächlich sind sie aber von ganz anderer Beschaffenheit. Sie könnten dir verderblich sein.«

»Ja«, versprach die Schwiegertochter, »ich werde aufpassen und die Wurzeln sehr sorgfältig auswählen.«

Auf ihrer Wanderung durch die himmlische Prärie hatten manche Frauen bereits viele Wurzeln gefunden und sie für die Trocknung an ihren langen Wurzelenden zu großen, langen Gebinden geflochten, die so stark waren wie dicke Taue. Die junge Frau wußte, daß solche Zöpfe niemals zerreißen, sondern nur durch einen Schnitt zu zerteilen sind. Sie hatte in letzter Zeit häufiger an ihr Dorf und ihre Familie gedacht und malte sich nun aus, wie schön es wäre, wenn sie sich an den geflochtenen Zöpfen für einen Besuch auf der Erde abseilen könnte. Doch schnell erwachte sie aus ihren Tagträumen und machte sich auf die Suche nach den Wurzeln. Wie so oft war es auch diesmal schwierig, die Pflanzen zu finden. Aber die Frau wußte, daß ein einzelner Prärierettich gewöhnlich ein Hinweis auf eine große Ansammlung solcher Pflanzen war, denn im Boden wuchsen die Wurzeln niemals einzeln, sondern in gewaltigen Mengen, auch wenn man das Grün von oben nicht wahrnehmen konnte. Also wartete sie geduldig darauf, daß sie einen ersten Rettich aufspüren würde.

Da stand sie plötzlich vor einer besonders großen Pflanze.

»Diese ist so ungewöhnlich, ich werde sie ausgraben und sicherlich noch viele andere finden von ähnlicher Größe.«

Sie nahm ihren Grabstock, lockerte den Boden und zog die Pflanze heraus. Gerade aber als sie den Rettich in den Händen hielt, tat sich vor ihr ein Loch auf, das sich sogar noch weiter zu vergrößern schien. Die Frau sah hindurch und konnte hinunter auf die Erde blicken. Dort unten sah sie ihr

Dorf und das Erdhaus ihrer Eltern, und sie wurde von einer tiefen Sehnsucht gepackt. Niemand vermag zu sagen, wie es genau geschah, aber es scheint, als habe die Frau, von ihrer Wehmut getrieben, den Halt verloren, und so fiel sie durch das Loch hindurch. Sie ließ den Himmel hinter sich zurück und fiel durch die Luft hinunter auf die Erde. Dort landete sie so hart auf dem Boden, daß sie ohnmächtig wurde und das Bewußtsein verlor. Der Aufschlag aber leitete die Geburt ihres Kindes ein, eines Jungen, der von selbst aus dem Leib seiner Mutter schlüpfte.

Einige Bewohner aus dem nahen Dorf hatten den Fall der Frau beobachtet und waren herbeigeeilt. Sie sahen die Frau wie leblos auf dem Boden liegen, doch das Kind kroch umher und saugte an ihrer Brust. Da liefen sie zurück in ihr Dorf und beriefen den Rat ein.

»Wir haben eine Frau und ein neugeborenes Kind nahe bei unserem Dorf gefunden«, erzählten sie, »das Kind lebt, aber die Frau ist wohl tot.«

Schnell stand ein Entschluß fest: »Wir werden das Kind retten und es in unsere Mitte bringen.«

Und so geschah es. Das Kind wuchs in dem Dorf auf und wurde von allen Bewohnern umsorgt, aber schnell zeigte sich, daß es nicht wie andere Kinder war. Alle waren davon beeindruckt, wie schnell es wuchs. Rasch lernte der Kleine zu laufen und bemühte sich, den Erwachsenen zur Hand zu gehen. Seine Entwicklung ging geschwinder als üblich vonstatten, und bald war aus dem Kind ein Jugendlicher geworden, der sich durch großen Fleiß auszeichnete. Schließlich erwarb er sich als junger Mann viele Verdienste um das Dorf. Er half allen und fand große Bewunderung.

Eines Tages aber sagte er zu den Menschen: »Ich gehöre in den Himmel und werde künftig mit den Leuten meines Vaters leben. Es gibt dort viel zu besorgen.«

So schwebte er hinauf durch die Luft in den Himmel. Seither aber, so erzählt man, ist er am Himmel jener Stern, der den Morgen ankündigt, denn auch dort ist er ein fleißiger Arbeiter. Er wurde der Morgenstern und leuchtet am Himmel bis zur Dämmerung.

Im Himmel aber hatte der ältere, weise Stern, der so hell leuchtet, niemals verwunden, daß seine Gemahlin durch das Loch auf die Erde gefallen war und nicht länger an seiner Seite lebte. Zunächst zog er trotz seiner Trauer noch immer ruhelos von einem Ort zum anderen und verrichtete sein Werk, doch im Gedenken an seine Frau wurde er immer ruhiger, bis er schließlich seine Wanderungen aufgab und an einem Ort blieb. Anders als alle anderen Sterne verharrt er regungslos am selben Platz. So wurde aus ihm der Nord- oder Polarstern, an dem sich die Menschen orientieren, wenn sie nachts durch das Grasland streifen. Zum Zeichen seiner Trauer aber steht der Nordstern einsam am nördlichen Himmel und gehört zu keinem Sternbild.

Unten auf der Erde lebt seine Gattin noch immer. Der Aufprall hat sie nicht getötet. Sie lebt in tiefer Trauer um ihren Gemahl, aber auch um ihren Sohn, der zurück in den Himmel ging. Sie hat ihr Haar zum Zeichen ihrer Trauer kurz geschoren und wird es niemals wieder wachsen lassen. Für einen Moment hat sie die Hingabe einer Frau an Tiwahe, ihr Heim und ihre Familie, vergessen und war allein ihrer Sehnsucht gefolgt. Fernab von allen Menschen lebt sie in einem Erdhaus. Es soll an einem Fluß mit sehr klarem und frischem Wasser stehen, an dessen Ufern viele Bäume wachsen. Man sagt, wer sich in einer solchen Gegend befindet, könne darauf hoffen, sie zu sehen. Andere aber rufen sie in Gebeten an, und dann erscheint sie in Träumen, denn sie kann verborgene Dinge sehen und in die Zukunft blicken.

Steinwesen und die gefangenen Brüder

Inyan Hokshi, das Steinwesen, war noch ein kleines Kind, als die vier Brüder seiner Mutter zu einer Jagd auszogen, von der sie niemals zurückkehrten. Die Mutter war sehr traurig über diesen Verlust. Seither trug sie ihr Haar kurz und ließ es niemals wieder wachsen. Als Inyan Hokshi zu einem jungen Mann herangewachsen war, fragte er seine Mutter nach dem Grund ihrer Trauer. Da erzählte sie ihm von jenem Tag, als ihre vier Brüder ausgeritten waren, um zu jagen. »Und seither«, so schloß sie, »sind sie verschollen. Niemand weiß, wo sie sind. Fast glaube ich, sie sind im weiten Grasland umgekommen.«

»Ich werde ausziehen und sie finden. Wir kehren zusammen zu dir zurück«, versprach das Steinwesen der Mutter.

»Es wird eine beschwerliche und gefahrvolle Reise sein, mein Sohn«, entgegnete die Frau, »und du mußt dich sehr gut vorbereiten. Ich werde alles tun, was ich vermag, damit du über jene Kräfte verfügst, deren du auf dieser Reise bedarfst.«

Sie traf Vorbereitungen für ein großes Fest, zu dem sie alle Verwandten und alle Bewohner des Dorfes einlud. Unter den Gästen sollten einige ganz besondere Menschen sein. Geladen waren ein weiser Wapiya, der über außerordentliche Kräfte als Heiler verfügte, eine weise alte Frau, ein hochgeachteter Krieger, ein trefflicher Jäger und vier junge Frauen, die man weithin für ihre Kunst, Kleidung mit Zeichen zu schmücken, rühmte.

Alle Geladenen waren mit ihren Verwandten am Tag des Fests erschienen, und sie saßen nun in einem großen Kreis zusammen. In der Mitte standen Inyan Hokshi, seine Mutter und jene, die Gaben für das Steinwesen bereithielten.

Zuerst trat der Heiler hervor. »Als ein Wapiya bringe ich das Leben zurück in Gleichklang, wenn es bedroht ist. Ich überreiche Inyan Hokshi eine Medizin«, sagte er, »und diese Pejuta ist sehr machtvoll. Anders als meine Kräuter und Steinfiguren, mit denen ich Krankheiten heile, bewahrt diese Medizin ihren Träger vor jeglichem Schaden, den andere ihm zufügen wollen.« Und er überreichte ihm einen kleinen Lederbeutel mit der Medizin.

Dann sprach die weise alte Frau. »Als einer Wakan'na sind auch mir besondere Kräfte gegeben. Von mir soll das Steinwesen einen Umhang erhalten, auf den ich ein besonderes Muster gemalt habe. Inyan Hokshi, wenn du diesen Umhang anlegst, wirst du unsichtbar sein, und niemand kann dich sehen. Legst du ihn aber wieder ab, bist du sichtbar.«

Nun meldete sich der hochgeachtete Krieger zu Wort. »Man nennt mich Ocuye Wicasa, einen großen Krieger. Ich habe drei Gaben für das Steinwesen. Inyan Hokshi, nimm diesen Speer, er ist so gewaltig, daß er alles durchdringt. Und trage dieses Schild, das dich vor allen Geschossen und Hieben schützen wird. Führe aber auch diese Steinkeule mit dir, sie schlägt alles entzwei, was sie trifft.«

Jetzt stand der Jäger vor dem Steinwesen. »Ich bin ein Woda, ein Jäger, der im Grasland den Wildtieren folgt und Nahrung beschafft. Meine Gabe ist nicht dinglich, aber ich werde dich lehren, Fährten zu folgen und alles aufzuspüren, was immer du suchst.« Und er unterwies Inyan Hokshi in der Kunst des Fährtenlesens.

Als letzte hielten die vier jungen Frauen Kleidung bereit, die sie verziert hatten. »Deine Mutter«, sagten sie, »hat diese Kleidung aus feinem Hirschleder für dich geschneidert. Wir aber haben sie mit machtvollen Zeichen aus Farben und den Borsten des Stachelschweins geschmückt. Wie es unserem Brauchtum entspricht, verrichteten wir unsere

Arbeit an jenen Tagen, an denen wir Frauen allein sitzen und bluten. Dann nämlich verfügen wir über eine besondere Kraft. Und auch die Kraft unserer Liebeslieder, die wir in jenen Tagen singen, ist in diese Kleidung eingegangen. Inyan Hokshi, nimm diese Mokassins, sie haben zwei Zeichen. Das Sinnbild der Berge verleiht dir die Fähigkeit, von einem Berg zum anderen zu schreiten, ohne daß du hinunter in die Täler mußt. Das Hufmuster aber ist das Zeichen aller Ta-Tiere, also von Behuften wie dem Bison, dem Hirsch und der Antilope. Es wird all deine Schritte sicher und trittfest machen. Auch auf deinem Beinkleid findest du zwei Zeichen. Das Sinnbild der Libelle schützt dich vor allem, was dich verfolgt, und so wirst du jeglicher Gefahr auf deiner Reise entrinnen. Das Zeichen der Kojotenfährte aber wird dich niemals ermüden lassen. Und schließlich ist dein Hemd mit Sinnbildern von Erdhäusern geschmückt, die bewirken, daß du stets Schutz finden wirst, wenn du unterwegs bist.«

Inyan Hokshi dankte für alle Gaben, die er erhalten hatte, und er würdigte die Geber. Dann legte er die Kleider an, steckte die Medizin ein und ergriff die Waffen. Zuletzt hing er sich den Umhang der alten weisen Frau um. Da erhob sich ein starker Wind, und das Steinwesen wurde unsichtbar. Niemand konnte es mehr sehen, und Inyan Hokshi begab sich sofort auf seine Reise.

Es war so, wie die vier jungen Frauen gesagt hatten. Mit seinen Mokassins schritt er von einem Berg zum anderen, ohne daß er hinunter in die Täler mußte. So kam er rasch voran und hatte bald eine große Wegstrecke zurückgelegt. Auf jedem Berg aber blieb er stehen und hielt Ausschau nach einem Zeichen, das einen Hinweis über den Verbleib seiner vier Onkel hätte geben können. Aber er fand nichts, und so waren bereits viele Tage vergangen. Doch er verlor

nicht den Mut und war sicher, die Verschollenen zu finden, denn eine Ahnung ließ ihn vermuten, daß sie irgendwo im Grasland gefangen waren an einem Ort, von dem sie nicht entkommen konnten.
Eines Tages stand Inyan Hokshi wieder einmal auf einem Berg und blickte hinunter in ein Tal. Dort aber ging Ungewöhnliches vonstatten, und was er sah, war wie eine Warnung. Ein großer Felsbrocken rollte umher, als wolle er alles, was sich ihm in den Weg stellte, zermalmen. Auch ein Baum, dessen Äste in dauernder Bewegung blieben, lief umher, und es war, als bewache er einen kleinen Erdhügel, der sich in der Mitte des Tales erhob. Neben diesem Hügel befand sich ein großer Stapel, und es schien, als seien hier Lederstreifen so groß wie Menschenleiber angehäuft worden.
Wie aus dem Nichts sprang plötzlich ein riesiger Kojote den Berg hinauf. Das Tier war größer als ein Bison, und Inyan Hokshi legte rasch seinen Umhang an. Ein starker Wind begann zu wehen, und er war unsichtbar. Dennoch schien ihn der Kojote zu bemerken. Er blieb vor dem Steinwesen stehen und begann zu heulen und zu bellen, hörte für einen Moment auf und heulte dann weiter. Es war gerade so, als würde er sprechen und den Wesen dort unten im Tal eine Botschaft übermitteln. Der kleine Erdhügel war offenbar eine Behausung, denn nun kam daraus eine kleine alte Frau hervor, die sich suchend in alle Richtungen umsah. Auch der Stein rollte wilder umher als vorher, und der Baum lief mit großen Schritten das Tal ab, als wolle er einen Eindringling aufspüren. Offenbar hatte der Kojote alle gewarnt, daß sich ein Fremder genähert hatte.
Da war plötzlich ein Brummen zu hören, das so laut war wie Donner. Inyan Hokshi blickte sich um und sah, wie ein riesiger Bär den Berg von der anderen Seite erklomm. Unter seinen mächtigen Schritten erzitterte die Erde. Da nahm

das Steinwesen seinen Umhang ab, und alle konnten es sehen. Sofort begann der Bär noch lauter und ungestümer zu brummen und lief direkt auf ihn zu. Auch der Stein und der Baum mit den beweglichen Ästen kamen in seine Richtung. Die kleine alte Frau aber war sehr ärgerlich. »Was machst du hier, wer bist du«, schrie sie ihn wütend an.
Als der gewaltige Bär schon bedrohlich nahe gekommen war, legte Inyan Hokshi seinen Umhang wieder um, und da erhob sich ein starker Wind. Sogleich war das Steinwesen unsichtbar.
»Ach«, sagte der Bär verwundert, als er die Stelle erreichte, wo eben noch das Steinwesen gestanden hatte, »das waren bestimmt nur die Wakinyan, die Donnerwesen, die hier vorbeigekommen sind. Blitz und Donner bringen immer Wind mit sich.«
Er sah sich nochmals um und ging dann zurück ins Tal. Der Kojote, der Felsbrocken und der Baum, alle schienen sich zu beruhigen und kehrten dorthin zurück, wo sie zuvor gewesen waren. Dem unsichtbaren Inyan Hokshi bot sich nun die Gelegenheit, die Wesen im Tal und ihr Treiben genauer zu beobachten. Als der Baum nahe genug herangekommen war, sah er, daß die Äste Schlangen waren, die sich mit weit geöffneten Rachen hin und her bewegten. Hier also war der gefürchtete Schlangenbaum, der sich auf seinen Wurzeln so behende bewegen konnte, als hätte er Beine, und von dem viele Menschen mit großer Angst sprachen. Inzwischen war der riesige Bär abgetrottet und blieb eine ganze Weile verschwunden. »Wo mag dieser Unhold nur sein«, überlegte Inyan Hokshi, »welche Untat hat er im Sinn?«
Doch da kam der Bär zurück. In seinem Maul trug er zukkende Leiber, die aussahen, als seien es Menschen, die sich gegen ihr Schicksal aufbäumten. Erfreut trat die kleine alte Frau aus ihrer Behausung. Der Bär hielt ein Opfer nach

dem anderen dem Schlangenbaum hin, und die Schlangen bissen sofort zu. Gelähmt fielen die Körper zu Boden, wo der Stein so lange darüber rollte, bis aus ihnen flache, dünne Streifen wurden, die der Bär auf den Stapel warf zu den anderen lederartigen Gebilden.

Da wußte Inyan Hokshi, daß jene Dinge, die er für Lederstreifen gehalten hatte, in Wirklichkeit Menschen waren, die in diesem Tal verstümmelt und gefangengehalten wurden. Nun würde er handeln, denn, so dachte er, es ist wahrscheinlich, daß sich unter den Gefangenen auch die Brüder meiner Mutter befinden.

Das Steinwesen nahm seinen Umhang ab. Alle konnten ihn nun wieder sehen und waren wütend über den Eindringling, der sie bei ihrem Treiben störte. Der Bär eilte sofort auf ihn zu, doch Inyan Hokshi schützte sich mit seinem Umhang. Sogleich erhob sich wieder der Wind, als er ihn anlegte.

Der Bär war verwirrt. »Das können nur die Donnerwesen sein, sie sind schon wieder hier vorbeigeflogen.« Im Tal aber wies die kleine alte Frau den Stein, den Schlangenbaum und den Kojoten an, das unsichtbare Steinwesen aufzuspüren. »Schaut hier nach! Wie, da ist er nicht? Dann seht dort drüben nach. Er muß hier sein.« Alle sprangen durcheinander und suchten jeden Winkel ab, aber Inyan Hokshi blieb unauffindbar.

Schließlich brachen sie die Suche ab, und der Bär zog wieder aus, um Menschen zu fangen und an diesen schrecklichen Ort zu bringen. Da legte Inyan Hokshi seinen Umhang ab, hielt seine Waffen und den Schild bereit und ging hinunter ins Tal. Die Medizin des Heilers, so wußte er, würde ihn vor allen Gefahren schützen.

Mit seinen Mokassins war er rasch bei der Behausung der kleinen alten Frau angelangt, und schon eilte der Schlangenbaum herbei. Jeder seiner Schlangenäste versuchte, den

Eindringling mit Bissen zu lähmen. Der Felsbrocken rollte umher und wollte ihn zermalmen. Der riesige Kojote aber sprang mit großen Sätzen auf und nieder, heulte und bemühte sich mit all seinen Kräften, das Steinwesen zu beißen. Als er einmal besonders hoch sprang, hielt Inyan Hokshi seinen Speer senkrecht auf den Erdboden gestützt, und so spießte sich der Kojote selbst auf, als er wieder auf dem Boden landen wollte. Von dem leblosen Tier ging nun keine Gefahr mehr aus, aber um so wütender waren der rollende Felsbrocken und der Schlangenbaum. Gegen die bissigen Äste wappnete sich das Steinwesen mit seinem Schild. Immer wenn ein Schlangenkopf niederfuhr, um ihn zu beißen, streckte er ihm das Schild mit solcher Kraft entgegen, daß Kopf und Körper der Tiere zerschmettert wurden. Bald hingen alle Schlangen leblos vom Baum herab, und auch die Wurzeln des Unholds, die er wie Beine gebrauchte, waren zertrümmert. Der Baum fiel um und rührte sich nicht mehr. Da wurde der Felsbrocken zorniger denn je. Er nahm einen großen Anlauf und rollte direkt auf das Steinwesen zu. Inyan Hokshi hielt jedoch jene Keule bereit, der nichts widerstand, und zerschmetterte so den Stein in viele kleine Stücke.

Bald darauf kehrte der Bär zurück, der wieder etliche Menschen in seinem Maul heranschleppte. Als er sah, daß der Kojote, der Schlangenbaum und auch der Felsbrocken tot oder zerschmettert auf dem Boden lagen, stürzte er sich auf das Steinwesen. Inyan Hokshi hielt wieder seinen machtvollen Speer bereit und tötete auch den Bären.

Von den Unholden im Tal war nun allein jenes Wesen übrig, das sich in der Gestalt der kleinen alten Frau zeigte. »Bitte tu mir nichts«, sagte sie flehend zu dem Steinwesen, »ich bin nur ein kleines altes Weib.«

»Wenn ich an all diese Gefangenen denke, die du hier hast

lähmen und verstümmeln lassen, glaube ich nicht, daß du nur eine kleine alte Frau bist«, erwiderte Inyan Hokshi.
»Doch, bin ich!«
»Ich glaube dir nicht, und du wirst mir die Wahrheit sagen«, entgegnete Inyan Hokshi und trat einen Schritt vorwärts. Nun stand er auf dem Fuß jenes Wesens, das aussah wie eine kleine alte Frau. Sie schrie vor Schmerz laut auf und brach in Tränen aus, denn der Körper von Inyan Hokshi war ebenso wie der Fels, den er gerade zertrümmert hatte, aus schwerem Stein. »Du wirst mir schon sagen, wer du wirklich bist«, sagte er ruhig.
»Ja, ich will dir sagen, wer ich bin«, jammerte das Wesen in Gestalt der Frau, »höre, ich bin Iya, der größte aller Steine. Ich bin der Riese Iya und dein Verwandter, denn auch du bist aus Stein. Wir Steine wollten unsere Macht über die Wesen dieser Erde nicht verlieren und sie auch in aller Zukunft beherrschen. Für unser Vorhaben schien es günstig, wenn einer von uns von einer Menschenfrau geboren würde, und so kamst du in den Leib deiner Mutter. Sie aber hat dich zu einem wohlgesonnenen Wesen herangezogen, denn sie selbst hat eine vortreffliche Erziehung durch ihre Brüder erhalten. Und nun stehst du, obwohl du ein Stein bist, auf der Seite der Menschen. Du hast uns Steine und auch deine Vergangenheit vergessen.«
Nachdem sie gesprochen hatte, verschwand die kleine alte Frau plötzlich, und vor Inyan Hokshi stand ein machtvoller Riese aus Stein. Inyan Hokshi tat alles, um diesen steinernen Unhold zu zerstören, und versuchte mit aller Kraft, seine Füße und Beine zu Kieseln zu scheuern.
»Was muß geschehen«, schrie er zu dem Riesen hinauf, »damit all diese verstümmelten Menschen, die du in dünne Lederstreifen verwandelt hast, zurück zum Leben finden? Sage es mir.«

Aber Iya antwortete nicht und begann, alles in seiner Umgebung zu zermalmen. Doch Inyan Hokshi ließ nicht von dem riesigen steinernen Körper ab. Iya hatte bereits seine Beine verloren, und das Steinwesen trat nun auf seinen Bauch. Unter dem Gewicht öffnete sich der Bauch, und heraus quoll all das brackige, bittere und salzige Wasser, das sich in jenen Seen sammelt, welche die Menschen bis heute meiden, weil die Durstigen Krankheiten davontragen. Dann gab Iya dem Drängen von Inyan Hokshi nach.
»Ich will dir sagen, was du zur Rettung dieser Menschen tun mußt. Hole Äste und baue daraus ein Gerüst. Anschließend ziehst du dem Kojoten und dem Bär das Fell ab und bedeckst damit das Gerüst, so daß eine kleine, niedrige Hütte entsteht. Mit den Ästen des Schlangenbaums machst du ein Feuer, in dem du die Steine, die von dem Felsbrocken übriggeblieben sind, erhitzt. In der Hütte aber plazierst du jene trockenen Hautstreifen, die von den Menschen, die der Bär brachte, übriggeblieben sind. Bring die heißen Steine in die Hütte und gieße Wasser darauf. Bald schon wirst du sie sprechen hören, und sie werden wieder Menschen. Dies wird die erste Schwitzhütte sein, die von nun an den Menschen Heilung und Läuterung bringt.«
Als aber Inyan Hokshi alle Hautstreifen in der Schwitzhütte untergebracht hatte, erbrach Iya pflaumengroße Steine.
»Was ist das? Sind das noch mehr Menschen«, fragte er den Riesen.
»Du wirst schon sehen«, antwortete Iya, »nimm jetzt das Haar vom Fell des großen Bären und räuchere damit. Es wird riechen wie der Rauch vom läuternden Salbei, den die Menschen hier im Grasland künftig zum Räuchern verwenden sollen. Jeder Frau aber, die gleich aus der Schwitzhütte heraustritt, schneidest du eine Haarsträhne ab und flichtst alle Haare zu einem Zopf, der so aussehen wird wie das ge-

flochtene Süßgras, das die Menschen künftig als zweites Räucherwerk benutzen werden. Räuchere auch mit dem Haar und halte die Steine aus meinem Magen in den Rauch. Du wirst schon sehen, was geschieht.«
Gerade als Inyan Hokshi die Haare vom Fell des Bären an sich genommen hatte, kamen die ersten Menschen in ihrer ursprünglichen Gestalt aus der Schwitzhütte, und unter ihnen entdeckte er zu seiner großen Freude auch die vier Brüder seiner Mutter. Jede Frau aber bat er um eine Haarsträhne, die er bald zu einem langen Zopf geflochten hatte. Als er die kleinen Steine in das Räucherwerk hielt, verwandelten sie sich zurück in Frauen und Kinder, die der große Bär einst in das Tal verschleppt hatte.
Nachdem der letzte Gefangene seine ursprüngliche Gestalt angenommen hatte und zu neuem Leben erwacht war, zerbrach Iya in viele Felsbrocken.
»Iya, du wirst nun hier als Geröll herumliegen«, sagte Inyan Hokshi, »es soll die Strafe für deine schändlichen Taten sein. Im heißen Sommer wird dir die Sonne zusetzen, und im kalten Winter bist du schutzlos dem Frost ausgeliefert. Regen und Wind werden so lange an dir nagen, bis du zu feinem Sand zerfällst.«
Dann wandte er sich den vielen Menschen zu. Der Bär hatte sie über weite Entfernungen aus allen vier Himmelsrichtungen angeschleppt, und so sprachen sie in vielen verschiedenen Sprachen. Durch die Gabe des Jägers, alle Fährten aufzuspüren, gelang es aber Inyan Hokshi, jeder Gruppe den rechten Pfad in ihr Dorf zu weisen. Doch klagten viele über Hunger, denn sie hatten während der Zeit ihrer Gefangenschaft nichts gegessen und fürchteten nun, den langen Marsch nicht zu überstehen. Da zerteilte Inyan Hokshi das Fleisch des großen Bären und gab der ältesten Frau von jeder Gruppe ein großes Stück. »Wenn ihr hungrig seid«, er-

klärte er, »dann teilt dieses Fleisch und bereitet es zu. Es wird so lange reichen, bis ihr am Ziel eures Wegs angelangt seid.«
Als sich schließlich alle Menschen auf den Weg gemacht hatten, trat auch Inyan Hokshi zusammen mit den Brüdern seiner Mutter den Marsch an, zurück in ihr Dorf.

Wie der Schlangenfluß entstand

Seit uralten Zeiten kommen die Menschen nach der Eisschmelze in jedem Frühling an jene Stelle, wo der Schlangenfluß in den Missouri mündet. Dort hinterlegen sie einen Fladen aus weißem Maismehl, das mit zerstoßenen Sonnenblumenkernen, etwas Tierfett und getrockneten Beeren vermischt ist. Minishoshe ist der Dakota-Name für den Missouri, denn auch sein Lauf ist so gewunden, als würde eine Schlange über den Erdboden kriechen. Und da er einst immer wieder sein Bett änderte, sah es für einen Betrachter, der auf einem nahen Hügel stand, gerade so aus, als würde sich tatsächlich hier eine Schlange winden. Das Mehl der Menschen ist jedoch für den Schlangenfluß bestimmt, von dem man sagt, er sei einmal ein Mensch gewesen.

Wakan Tanka, jene unerklärliche und geheimnisvolle Kraft, die alles Leben auf der Erde bestimmt und beeinflußt, hatte einem Mann außergewöhnliche Fähigkeiten verliehen. Er hatte in seinen Traumbildern viele Tiere und heilige Steine gesehen und benutzte deren Kräfte für sein Wirken. Er konnte verborgene Spuren und Fährten finden, versteckte Dinge aufspüren und Ereignisse oder die Geschicke von Menschen voraussagen. Vor allem aber war er als ein Heiler bekannt, der viele Krankheiten kurieren konnte. Überall im nördlichen Grasland rühmte man seine Fähigkeiten. In welches Dorf er auch gehen mochte, stets begrüßte man ihn mit großer Hochachtung. Gern teilten die Menschen ihre Speisen mit ihm, und sie überreichten ihm zahllose Geschenke. So verfügte er nicht nur über außergewöhnliche Gaben, sondern auch über ansehnlichen Reichtum.

Doch Ansehen und Macht verleiten manche Menschen dazu, ihre Fertigkeiten selbstsüchtig einzusetzen. Die stattliche Gestalt dieses Mannes und seine Schönheit trugen viel dazu bei, daß seine Fähigkeiten besonderen Anklang fanden, und so war er kaum jemals allein, sondern stets von einer großen Gefolgschaft umgeben. Darunter waren auch viele Frauen, die voller Bewunderung zu ihm aufsahen. Schließlich begann er, ihre Hingabe auszunutzen, und überließ sich einer zügellosen Wollust. Getrieben von Geilheit, verführte er eine Frau nach der anderen und wähnte sich in dem Glauben, seine außerordentlichen Fertigkeiten gäben ihm das Recht dazu. Nie dachte er daran, daß sein zügelloses Treiben manch eine unverheiratete Frau verletzte, die geglaubt hatte, ihn ehelichen zu können. Ebensowenig störte es ihn, wenn er die Ehre von verheirateten Frauen so sehr schädigte, daß ihre Familien zerbrachen.

Eines Tages wanderte dieser Mann allein in Begleitung eines Freundes nach Westen. Sie waren nicht beritten, denn sie wollten im Land der Crow Pferde rauben, da es in ihrem Dorf kaum noch Reittiere gab. Plötzlich bemerkte der Mann, daß er seine Arme nur mit großer Mühe heben konnte, aber er achtete zunächst nicht auf diese Beschwerden. Am nächsten Tag bereitete ihm jedoch auch das Laufen Schwierigkeiten, denn seine Schritte wurden immer langsamer und kleiner. Als sie abends ihr Tipi aufgestellt hatten, zog er seine Mokassins aus und betrachtete seine Füße. Was er sah, erschreckte ihn, denn seine Zehen waren plötzlich zusammengewachsen. Auch an seinen Händen bemerkte er eine Veränderung, da der Daumen fest mit der Handfläche verbunden war. Seinem Freund mochte der Mann nichts von seinen Beschwerden sagen, denn dieser hielt ihn für einen großen Heiler, der sicherlich auch solch ein Leiden kurieren konnte. So fragte er sich denn im stillen, was mit seinem Körper vorging.

Am nächsten Tag wurden seine Schritte noch mühseliger, denn nur allzubald entdeckte er, daß seine Beine allmählich zusammenwuchsen und daß seine Oberarme nun fest mit der Brust verbunden waren. »Eine sehr ernste Veränderung geht mit mir vor«, dachte er, »und doch bin ich nicht krank. Warum also verwandelt sich mein Körper und läßt mich dahinsiechen?«

Nur wenige Tage später waren seine Arme bis hinunter zu den Händen fest mit dem Rumpf verwachsen und die Beine bis zu den Knien. Aber auch seine Haut hatte sich verändert. Sie war viel dunkler geworden und zeigte auffällige kleine Muster. »Mein Körper wird ein anderer«, dachte er, »morgen werde ich gewiß nicht mehr laufen können. Nie mehr in diesem Leben wird eine Frau zu mir aufschauen. Dies ist das Ende meiner Maßlosigkeit. Sollte das der Preis sein, den ich dafür zahlen muß?«

Am nächsten Morgen konnte er sich nicht mehr erheben und blieb liegen. »Koda, mein Freund«, sagte er, »ich kann nicht mehr laufen und werde nie nach Westen gelangen. Wakan Tanka, das große Geheimnis unseres Daseins, hat mir außerordentliche Fähigkeiten verliehen, doch habe ich sie im Lauf meines Lebens immer weniger zum Nutzen der Menschen eingesetzt, sondern mehr und mehr selbstsüchtig. Nun verwandelt sich mein Körper, und ich werde ein anderes Wesen.«

»Wenn du nicht laufen kannst«, antwortete der Freund, »so trage ich dich. Ich bemerke schon seit Tagen, wie mühsam dein Gehen geworden ist. Ich aber bin gern bereit, dich zu tragen.«

»Nein, Koda, mein Freund, laß mich hier liegen und ziehe allein weiter, wo auch immer dich dein Weg hinführen mag, weiter nach Westen oder zurück in unser Dorf.«

»Niemals würde ich dich einfach liegenlassen.« Der Freund

schulterte den Körper, der keine Gliedmaßen mehr hatte, und ging auf jene Stelle zu, wo heute der Schlangenfluß in den Missouri mündet.
»Koda, mein Freund«, sagte der Getragene plötzlich, »schau mich an.«
Der Freund legte den Körper auf den Boden und sah ihm in die Augen. Entgegen blickte ihm ein Schlangenkopf mit züngelnder Zunge.
»Ich bin zu einer Schlange geworden, lieber Koda. Die Menschen glaubten, ich hätte außerordentliche Fähigkeiten und sei ein schöner Mann. Nun aber bin ich eine Schlange. Trage mich nur noch ein kleines Stück bis hinter diesen Hügel. Dort lege mich nieder.«
»Aber nein, ich trage dich zurück in unser Dorf. Vielleicht gibt es dort Hilfe für dich. Niemand wird glauben, daß du eine Schlange geworden bist.«
»Mein Platz ist dort hinter dem Hügel.«
So trug der Freund den Schlangenmann an den Ort seiner Bestimmung und legte ihn ins Gras.
»Koda, höre mich noch einmal an«, sagte nun der Schlangenmann mit schon entrückter Stimme, »als Mensch habe ich über ungewöhnliche Gaben verfügt und doch so viele andere Menschen verletzt, aber noch einmal möchte ich meine Gaben für Gutes nutzen. In einiger Zeit wird aus meinem Körper, der sich nun windet wie eine Schlange, ein Fluß geworden sein mit vielen Biegungen. In jedem Frühling nach der Eisschmelze sollen mir die Menschen etwas vom weißen Maismehl bringen, vermischt mit Sonnenblumenkernen, etwas Fett und getrockneten Beeren. Das sollen sie in mein Wasser eintauchen. Als Dank werde ich mich nach Kräften bemühen, ihnen so viel Regen zu schicken, daß die Erde fruchtbar bleibt. Geh und sag das den Menschen.«

Noch heute erzählt man sich, daß sich das Wasser in der Mündung dieses Flusses nach der Eisschmelze wie eine Schlange zu winden beginnt, wann immer jenes besondere Maismehl eingetaucht wird.

Spinnenmann und Riese

Wie so oft wanderte Unktomi, der Spinnenmann, hungrig über die Prärie und dachte an nichts anderes als an eine üppige Mahlzeit. Gerade als er sich einen großen, knusprigen Braten ausmalte, geriet er in den Sog eines merkwürdigen Windes, der ihn zuerst anzog und ihm dann entgegenblies. »Welch rätselhafter Wind«, dachte er, »er weht gerade so, als würde jemand ein- und ausatmen.«

Von Mal zu Mal wurde der Wind stärker, er pfiff und heulte um den Spinnenmann herum und trieb ihn auf jenen Ort zu, von wo er herzukommen schien. So heftig Unktomi auch dagegen ankämpfte, er wurde von dem Sog gelenkt und gezogen, und die Wirbel wurden immer heftiger. Bald hörte er neben dem Rauschen des Windes noch ein anderes Geräusch, das wie stetig wiederkehrender Donner klang, doch war der Himmel über ihm blau und wolkenlos. Schließlich blies der Wind so stark, daß der Spinnenmann fast schwebend über die Erde getragen wurde und auf einen gewaltigen Körper zutrieb.

Hier lag Inyan, der Riese, mit weit geöffnetem Mund schlafend im Gras. Sein Atem war wie ein Sturm, und sein lautes Schnarchen klang wie Donner. Unktomi landete direkt im Gesicht des Riesen, ganz nahe am Mund. Der Sog des Atems war nun so stark, daß der Spinnenmann kaum Halt fand. Es kostete ihn alle Kraft, sich in einer Falte des Gesichts festzuklammern. Aber es schien kein Entrinnen zu geben, früher oder später würde der Sog ihn in den offenen Mund treiben, und Inyan würde ihn im Schlaf verspeisen. Unktomi bekam große Angst. »Ist heute wirklich ein guter Tag zum Sterben«, fragte er sich, »aber es muß wohl ein solcher Tag wie heute sein, denn hier gibt es kein Entrinnen.«

Dann aber gelang es ihm, in der Falte entlangzukriechen und sich ein wenig von dem offenen Mund zu entfernen. So erreichte er die Nase des Schläfers, die hoch wie ein Hügel war, und er kletterte hinauf. Der Sog wirkte nun weniger stark. Ängstlich betrachtete er das Gesicht des Riesen, seine geschlossenen Augen, die gigantischen Wangen, den Mund und die Lippen. Der offene Mund war groß wie ein Teich, und Unktomi konnte von seinem Platz durch den Rachen hindurch direkt in den Bauch von Inyan sehen. Das Bild, das sich ihm bot, ließ ihn erschauern.

Im Bauch des Riesen befand sich ein ganzes Dorf, das der Riese erst vor kurzem verspeist haben mußte. Noch waren die Menschen in diesem Dorf ganz lebendig und gingen ihren Arbeiten nach. Die Frauen kochten oder gerbten Häute, die Kinder spielten vor den Erdhäusern, und die Männer rüsteten sich für die Jagd. Unktomi konnte sogar sehen, wie die Mitglieder des Bundes der Schimmelreiter auf ihren Pferden durch das Dorf ritten, aber all die Menschen in diesem Dorf waren von dem Riesen verspeist worden. »Welch schreckliches Unheil diesem Dorf nur widerfahren ist«, dachte Unktomi.

Eine Weile beobachtete der Spinnenmann das geschäftige Treiben in dem unglücklichen Dorf, dann drehte er sich genau in jenem Augenblick um, als der Riese langsam die Augen öffnete. »Was wird er mit mir tun? Wird er mich auch verspeisen, oder wird er etwas zu mir sagen«, fragte sich Unktomi.

»Was ist da für eine Fliege vor meinen Augen«, murmelte der Riese, noch schlaftrunken.

Unktomi antwortete wortgewandt. »Ach, kleiner Bruder, ich bin es, der Spinnenmann, und ich kam, um dich zu sehen. Ich hege große Bewunderung für dich. Du bist so riesig groß, ja, ich bewundere dich wirklich. Jedes Wesen auf dieser Erde muß dich fürchten. Weißt du, kleiner Bruder, wir haben das gleiche Blut, wir sind verwandt. Und ich glaube, daß ich dieselben Dinge und Speisen mag, die auch du bevorzugst.«

»Wer bist du«, fragte der Riese.

»Mein Name ist Spinnenmann«, antwortete Unktomi und war über sich selbst erstaunt, daß er trotz seiner Todesangst so beredsam war.

»Und ich bin Inyan«, sagte der Riese. »Ich gehe umher und streife über die Prärie. Hier und dort finde ich ein Dorf, das ich verspeise. Nach so einer Mahlzeit lege ich mich zum Schlaf nieder. Dann erwache ich, bin wieder hungrig und esse ein anderes Dorf auf.«

»Freilich«, entgegnete Unktomi, »in uns fließt das gleiche Blut, denn ich bin gerade so wie du. Wenn ich mich satt gegessen habe, begebe auch ich mich zur Ruhe.«

»Na schön«, sagte der Riese, »ich werde schon wieder hungrig und bekomme Appetit. Dort drüben hinter den Hügeln sehe ich ein Dorf, und ich gedenke, bald dort hinzugehen.«

»Groß und mächtig wie du bist, brauchst du nichts auf dieser Erde zu fürchten«, schmeichelte Unktomi.

»Doch«, erwiderte Inyan, »es gibt einige Dinge, die ich fürchte. Es sind vier Geräusche, vor denen es mir graut. Das erste ist das Schlagen der Trommel, das zweite ist der Klang der Knochenpfeife. Ich fürchte aber auch die Rufe, mit denen die Menschen ihre Tänze begleiten, und ich fürchte ihre Lieder.«

Da sagte Unktomi: »Genau diese vier Klänge fürchte auch ich. Es sind geradewegs die gleichen Dinge, die mich erschrecken. Ich werde mit dir gehen und dir helfen, das Dorf dort drüben zu verspeisen. Dann können uns die Menschen, die dort leben, nicht mehr mit ihren Klängen ängstigen.«

»Einverstanden«, entgegnete Inyan, der noch immer müde war, »ich muß aber erst noch ein wenig schlafen. Es wird nicht allzulange dauern, dann laufen wir hinüber und verspeisen das Dorf.«

Der Riese drehte den Kopf zur Seite und war bald wieder eingeschlafen. Sofort kletterte Unktomi von dem gigantischen Gesicht hinunter und rannte über die Hügel in das Dorf, von dem Inyan gesprochen hatte. Dort rief er alle Leute zusammen.

»Hört mich an. Ich bin Inyan, dem Riesen, begegnet, der dort hinten über den Hügeln im Gras liegt und schläft. Wenn er aufwacht, wird er hierherkommen und euer gesamtes Dorf verspeisen. Ich aber bin gekommen, um euch zu warnen und um euch zu sagen, daß er vier Klänge fürchtet. Nur wenn ihr Musik erklingen laßt, könnt ihr euch retten. Schlagt also Trommeln, blast die Knochenpfeifen, begleitet eure Tänze mit Tanzrufen und singt eure Lieder.«

Und Unktomi zeigte den Bewohnern des Dorfes, wie die Trommel zu schlagen und wie die Knochenpfeife zu blasen war. »Seid also bereit«, sagte der Spinnenmann, »ich gehe jetzt zurück zu dem Riesen und werde mit ihm verabreden, daß ich den nördlichen Teil des Dorfes verspeisen werde und er den anderen im Süden. Ihr werdet ihn also im Süden erwarten, und wenn er eintrifft, beginnt sofort mit Musik und Tanz.«

Die Dorfbewohner versprachen, alles zu tun, was der Spinnenmann vorgeschlagen hatte, und Unktomi lief zurück zu dem Riesen. Gerade als er den gewaltigen Körper erreichte, erwachte Inyan, reckte und streckte sich laut polternd und rieb sich den Schlaf aus den Augen. Dann sah er den Spin-

nenmann an und sagte: »Nun bin ich wach und will hinüber zu dem Dorf gehen.«
Doch er konnte sich nur langsam erheben, ach, er war so unbeholfen und steif wegen seiner Größe, so daß jede Bewegung seltsam linkisch wirkte. Ja, es gelang ihm kaum, sich aufrecht hinzustellen. Trotz seiner langen Beine kam er nur mühsam voran. Seine riesige Mahlzeit lag noch so schwer in seinem Magen, daß er durch das Gras mehr taumelte und torkelte, als daß er ging. Immer wieder kam er vom Weg ab, und Unktomi, der neben Inyan winzig und zwergenhaft erschien, mußte auf ihn warten.
Kurz bevor sie ihr Ziel erreichten, sagte Unktomi: »Kleiner Bruder, gehe du erst in den südlichen Teil des Dorfs, ich werde meine Mahlzeit im Norden beginnen.«
»Einverstanden«, erwiderte Inyan, »so soll es sein.«
Als der Riese schließlich im Dorf ankam, begannen die Menschen ihre Trommeln zu schlagen, und sie bliesen auf den Knochenpfeifen. Andere sangen ihre Lieder und begleiteten die Tänze mit lauten Tanzrufen. Die Luft war erfüllt mit dem Klang von Instrumenten, Gesang und vom Stampfen der Tänzer. Inyan aber erschrak und erstarrte vor Angst. Sein ganzer Körper begann zu zittern, und er taumelte noch mehr. Schließlich verlor er das Bewußtsein und stürzte ohnmächtig zu Boden. Die Menschen versammelten sich um den leblosen Körper, holten Brennholz und trockenes Gras und verbrannten den Riesen. Gerade aber als die ersten Flammen an Inyan heraufzüngelten, entdeckte eine Frau an einem von seinen Fingern einen Ring. Sie streifte ihn ab und nahm ihn zu sich. Bis zum heutigen Tag aber sagt man, daß der Riese in diesem Ring fortlebe unter den Menschen, jedoch nicht mehr in jenem furchteinflößenden Körper. Der Ort, an dem sich dies zugetragen hat, liegt nahe beim Geistsee im nördlichen Grasland und heißt seither Tal des Riesen.

In der Höhle von Coyote

Anders als es dem Brauchtum der Dakota entsprach, war eine Frau nach ihrer Heirat zur Familie ihres Ehemanns gezogen, die weit im Süden in Nobaraska lebte, dem flachen Grasland. Die Familie ihres Mannes hatte sie freundlich empfangen und war ihr gegenüber stets aufmerksam, doch der Mann erwies sich bald als Tunichtgut. Anstatt zu jagen und seine Frau zu versorgen, verbrachte er seine Tage mit dem Spiel, bei dem er all seine Habe verlor. So war es ihm nicht gelungen, seiner jungen Frau ein eigenes Heim zu bieten. Immer wieder nahm er ihre Lederstücke, Handarbeiten oder Nahrungsvorräte als Einsatz für das Spiel. Ihre inständigen Bitten, auf das Spiel zu verzichten, schlug er in den Wind, ja er wurde sogar so wütend darüber, daß er sie verprügelte. So ging es tagein, tagaus, und der Mann war ganz seinem Laster verfallen. Kehrte er nach Hause zurück, dann schlug er seine Frau. Ihrem Flehen, von ihr abzulassen, schenkte er kein Gehör. Bald sprach er nicht einmal mehr mit ihr, sondern verprügelte sie sogleich, wann immer er sie sah.

So war ein ganzer Winter vergangen, und als der Frühling kam, beschloß die Frau, ihren Mann zu verlassen und in ihr Dorf zu ihren Verwandten zurückzukehren. Sie ging deshalb zu ihrer Schwiegermutter, um sie in ihren Plan einzuweihen. »Höre, Schwiegermutter«, sagte sie, »dein Sohn schlägt mich, und er ist dem Spiel verfallen. Immer wieder habe ich ihn angefleht, mich nicht zu schlagen und vom Spiel abzulassen. Aber er hört nicht auf mich und wird sich nicht ändern. Ich bin bei ihm geblieben, so lange wie es mir möglich war, nun aber kann und will ich hier nicht weiter leben.«

»Auch ich habe das beschämende Verhalten meines Sohnes bemerkt«, erwiderte die Schwiegermutter, »und ich habe keine Erklärung dafür. Ich weiß, daß er ein Spieler ist und daß er dich schlägt. Wie oft habe ich ihn daraufhin angesprochen und ihn gefragt, warum er sein Verhalten nicht ändert. Doch es scheint, als höre er meine Worte nicht.«

»Da es keinen Ausweg gibt, möchte ich euch verlassen«, sagte nun die junge Frau, »ich will zu meinen Verwandten zurückkehren, die so fern von hier im Norden leben. Es ist eine weite Wegstrecke, die ich laufen muß, denn ich habe kein Pferd. Deshalb habe ich Vorbereitungen getroffen und mir drei Paar Mokassins angefertigt, doch bin ich nicht sicher, ob das Schuhwerk nicht durchgelaufen sein wird, bevor ich mein Ziel erreiche. Auch ist ungewiß, ob mein Vorrat an Trockenfleisch reicht.«

»Ich bin sehr traurig darüber, daß du uns verlassen willst«, entgegnete die Schwiegermutter, »aber auch ich sehe keine Möglichkeit für dich, hier jemals ein Heim und eine Familie mit meinem Sohn zu haben. Er wird sich nicht ändern, und für dich gibt es keine andere Wahl. Warte aber noch einige Tage, bevor du gehst. Ich werde dir ein weiteres Paar Mokassins anfertigen und auch Fleisch für dich trocknen, damit du auf deiner langen Reise gut versorgt bist.«

Ein paar Tage später saß der Ehemann wieder beim Spiel, und nun schien der Frau der geeignete Moment gekommen, um sich auf ihre Wanderung zu begeben. Zuvor aber ging sie noch einmal zu ihrer Schwiegermutter. »Dein Sohn«, sagte sie, »sitzt wieder beim Spiel, und ich möchte meine Reise nicht länger aufschieben.«

»Ja«, erwiderte die alte Frau, »auch ich habe gesehen, wie er sich zum Spiel niederließ. Er wird lange ausbleiben, und du solltest die Zeit nutzen.«

Dann überreichte ihr die Schwiegermutter das Schuhwerk

und eine große Menge Trockenfleisch. »Wenn mein Sohn sich vom Spiel erhebt, wirst du schon ein gutes Stück Wegs zurückgelegt haben, und wahrscheinlich wird er dich erst einmal gar nicht vermissen. Und sollte er dich dennoch verfolgen, hast du einen so großen Vorsprung, daß er dich kaum mehr finden wird.«
Sogleich machte sich die junge Frau auf den Weg, um einer Verfolgung zuvorzukommen. Nachdem sie aber einen ausreichenden Vorsprung zu haben glaubte, wanderte sie fast nur noch in der Dunkelheit, denn sie fürchtete sich vor fremden Menschen, denen sie im Grasland begegnen mochte. Vielleicht würde ihr ein Fremder Gewalt antun oder sie töten. Stets hielt sie sich in nördlicher Richtung und orientierte sich am Polarstern. Weit im Norden, so wußte sie, lag das Dorf ihrer Verwandten. Bisweilen verdeckten zwar Wolken den Stern, aber sie entwickelte rasch ein sicheres Gefühl für ihre Richtung.
Viele Tage vergingen, und sie lief unentwegt. Achtsam machte sie einen Schritt nach dem anderen, denn sie wußte, wie gefährlich es war, in ein Loch im Erdboden zu stolpern, in Dornen hängenzubleiben oder in der Dunkelheit auf andere Hindernisse zu treffen. Oft kam sie an Flüsse, die es zu überqueren galt, und manches Mal mußte sie lange nach einer Furt suchen, die sie stets daran erkannte, daß hier das Wasser besonders laut plätscherte, da es flach über Felsen floß. An solchen Orten zog sie ihre Mokassins aus und durchquerte den Fluß.
Manch ein voller Mond hatte am Himmel sein fleckiges Gesicht gezeigt, und aus den Tagen waren Monate geworden. Der kurze Frühling war schnell in einen heißen Sommer übergegangen, und nun wehte der Wind schon merklich kühler, denn es war Herbst geworden, und die Blätter der Bäume leuchteten gelb und rot. Die letzten Mokassins wa-

ren durchgelaufen, und das Bündel mit dem Trockenfleisch war ganz leicht geworden. Schließlich waren auch die letzten Vorräte aufgebraucht. Als die Frau an einem Hügel vorbeikam, sank sie müde und verzweifelt ins Gras.
»Was soll ich nur tun«, dachte sie, »ich habe keine Schuhe mehr und nichts mehr zu essen. Bald aber wird es Winter, entweder verhungere ich, oder ich erfriere. Niemals werde ich meine Verwandten wiedersehen, und sicher werde ich ganz allein hier draußen sterben.«
Tief versunken in solch düstere Gedanken, fing sie bitterlich an zu weinen. So weit war sie nun schon nach Norden gewandert, aber noch immer war sie nicht an ihrem Ziel angelangt. Viel weiter würde sie kaum noch kommen. Die Tränen flossen ihr so heftig über das Gesicht, daß sie kaum bemerkte, daß sich jemand näherte und sich neben sie setzte. Plötzlich sagte eine Stimme: »Meine Tochter, was quält dich, und warum weinst du so sehr?«
Sie öffnete ihre Augen ein wenig und erschrak, denn ganz dicht neben ihr saß Coyote. »Er sieht gefährlich aus«, dachte sie, »aber er hat zu mir gesprochen, und so muß ich ihm antworten.«
Beim Sprechen verlor sie jedoch rasch ihre Furcht, und sie erzählte Coyote, wie sie das Dorf ihres Ehemanns verlassen hatte und durch das weite Grasland gewandert war. Auch erzählte sie davon, wie sie unterwegs Beeren und Blätter gesammelt hatte, um ihre Vorräte zu ergänzen, nun aber, ohne Reserven und Schuhwerk, kaum vor Einbruch des Winters ihr Dorf erreichen würde. »Am schlimmsten für mich«, so schloß sie ihre Schilderung, »ist es jedoch, daß ich ganz allein der eisigen Kälte des Winters ausgeliefert sein werde und meine Verwandten wahrscheinlich niemals mehr wiedersehe.«
»Meine Höhle ist nicht weit entfernt von hier«, sagte Co-

yote, »sie ist nur etwas weiter oben auf diesem Hügel, an dessen Fuß du sitzt. Es wird anders sein, als wenn du unter Menschen lebst, aber bei mir und meiner Familie bist du willkommen, und du wirst den Winter bei uns gut überstehen. Im Frühling kannst du dich aufmachen, und dann wirst du sicher dein Dorf bald finden. Genieße einstweilen meine Gastfreundschaft.«

Die Frau war zuerst unsicher, ob sie mit Tieren zusammenleben konnte, folgte dann aber dem Angebot, und Coyote führte sie zu seiner geräumigen Höhle. Hier lebte er mit seiner Frau und zwei Kindern, die im Sommer geboren worden waren. In der Höhle war die junge Frau vor allem Unbill des Winters geschützt, und Coyote versorgte sie mit Nahrung. Außer ihm sprach jedoch niemand mit ihr, denn nur Coyote selbst verstand die Sprache der Menschen. Die Frau aber sah, wie gewissenhaft diese Eltern ihre Kinder umsorgten. Hier lebte eine Familie zusammen, wie sie es so gern auch mit ihrem Ehemann getan hätte. Coyote war ein guter Vater und wurde niemals ärgerlich mit seiner Frau oder den Kindern. Und sie sah auch, daß Coyote seine Kinder nicht nur pflegte, sondern stets auch für ein Spiel mit ihnen bereit war. »Coyote weiß viel besser als manche Menschen«, dachte sie oft in diesem Winter, »ein frohes Leben zu führen.«

Eines Tages kehrte Coyote von einem Streifzug durch das Grasland zurück und brachte Neuigkeiten mit. »Ich bin ein gutes Stück nach Norden gelaufen und sah dort ein Dorf der Menschen, die deine Verwandten sein mögen. Es ist Frühling geworden, und du kannst nun deine Suche fortsetzen. Das Dorf ist nicht allzuweit entfernt von hier, und ich werde dich führen.«

Am nächsten Tag legte die Frau ihren Umhang um und sah noch einmal, wie diese Familie zusammensaß. Dann machte sie sich zusammen mit Coyote auf den Weg und hatte bald

das Dorf erreicht. Hier dankte sie ihm für seine lange Gastfreundschaft. Coyote aber sagte: »Ich werde nun rasch davoneilen, dann kannst du nach den Leuten im Dorf rufen und herausfinden, ob es deine Verwandten sind. Du aber wirst stets in meiner Höhle willkommen sein. Doch um eines möchte ich dich bitten. Wann immer ihr Menschen zur Jagd auszieht und Wild erlegt, dann laßt ein Stückchen Fett für uns Kojoten im Gras zurück. Wir werden euch stets dankbar dafür sein.«
»So soll es sein, ich werde die Jäger von deinem Wunsch unterrichten«, antwortete die junge Frau, »dir aber möchte ich von Herzen danken, denn ich gehörte für eine Weile zu deiner Familie, und du hast mich über den Winter gebracht. Vor allem aber hast du mir gezeigt, wie eine Familie zusammenleben sollte, und auch davon sollen die Menschen wissen.«
Sie schauten sich noch einmal an, dann eilte Coyote davon. Die Frau aber begab sich in Hörweite der Erdhäuser und rief nach den Menschen. Schnell hatte sie ihre Verwandten erkannt, und diese waren über ihre Rückkehr aus dem flachen Land im Süden hoch erfreut.
»Bevor ich wieder bei euch lebe«, sagte sie, »muß ich mich in einer Schwitzhütte erneuern und läutern, denn ich habe den Winter nicht bei Menschen verbracht, sondern bei Coyote. Er hat mein Leben gerettet.«
Schnell war ein Gestänge mit Häuten bedeckt, und Steine waren erhitzt. Dann ging die junge Frau hinein in die Hütte, goß Wasser über die Steine und bat im heißen Dampf um ihre Erneuerung. Geläutert kehrte sie in das Dorf zurück und erzählte ihren Verwandten, was sie von Coyote gelernt hatte. Die Jäger aber lassen seither immer ein Stückchen Fett von ihrer Beute für die Kojoten im Grasland zurück.

Die erste Flöte

Wie schon oft zuvor war der Mann auch dieses Mal allein zur Jagd ausgezogen. Die Vorräte waren fast aufgebraucht, und seine hungrige Familie und die Verwandten im Dorf hatten ihn gebeten, Nahrung zu beschaffen. Er war noch jung, doch genoß er bereits den Ruf als treffsicherer Jäger. Sein Bogen war stets gut gespannt, und seine Pfeile verfehlten kaum jemals ihr Ziel. Fast immer wurde er von seiner Familie ausgewählt, um Wild aus dem Grasland zu bringen. Er war schon ein gutes Stück gegangen, als er im Gras die Spuren eines großen Wapitihirschs fand. Zu jener Zeit wußten noch alle Menschen, daß Männer, die in ihren Träumen solch einen Hirschen gesehen hatten, über besondere Kräfte verfügten, die ihnen bei ihrer Werbung um eine Frau halfen.

Doch der junge Mann hatte diese Kraft nicht und spürte dem Tier allein um seines Fleisches willen nach. Er verfolgte die Spuren so lange, bis er schließlich in nicht allzu weiter Entfernung den Wapitihirsch vor sich sah. Aber das Tier schien ihn bemerkt zu haben. Zwar flüchtete es nicht, doch mißlang es dem Jäger, auch nur einen einzigen Pfeil anzulegen. Nicht der Jäger trieb das Tier, sondern der riesige Hirsch schien einen Mann zu führen, der an nichts anderes dachte, als Beute nach Hause zu bringen. Immer weiter folgte der Mensch dem Tier, und bald hatte der Hirsch den Jäger in eine unbekannte Gegend gelockt. Hier erst bemerkte er, daß er die Zeit völlig vergessen hatte, denn plötzlich brach die Dämmerung herein. Der Jäger befand sich in einem Wald, in dem er nie zuvor gewesen war. Als es dunkel wurde, wußte er, daß er an diesem Tag den Rückweg nicht mehr antreten konnte, und so schaute er aus nach einer Stelle, wo er sich zum Schlafen niederlegen konnte. Bald hatte er einen guten Platz nahe an einem Fluß mit klarem Wasser gefunden. Er setzte sich nieder, aß von seinem Vorrat an getrocknetem Fleisch und trank von dem guten Wasser, das an ihm vorüberfloß. Dann hüllte er sich in seinen Umhang und wollte sich zur Ruhe begeben, doch plötzlich ergriff ihn eine seltsame Angst. »Wie oft schon habe ich die Eulen rufen hören, wenn ich draußen übernachtete«, dachte er, »und auch das Heulen der Kojoten hat mich nie geängstigt. Was mag es nur sein, das meine Furcht hervorruft?«

Schließlich aber übermannte ihn der Schlaf. In der Nacht erschien ihm ein besonderes Traumbild, das allein aus langgezogenen Klängen bestand, wie er sie noch nie zuvor gehört hatte. Die Töne waren ein wenig traurig, ja fast klagend und doch unbeschreiblich schön. Als er am Morgen erwachte, war es viel später als sonst, und die Sonne stand schon hoch am Himmel. Er setzte sich auf und lehnte sich an einen Baumstamm. Aus dem Geäst über ihm erklang plötzlich ein Klopfen, und als der Jäger hochsah, entdeckte er einen rotköpfigen Specht, der auf einem dicken Ast saß. Es schien, als wolle der Vogel sagen, der Jäger solle ihm folgen. Kaum hatte sich der junge Mann erhoben, flog er auch schon zum nächsten Baum. Nun flog der Specht von einem Baum zum anderen, doch der junge Mann konnte mühelos Schritt halten, da der rote Kopf stets aus dem Laub hervorleuchtete. Schließlich saß der Vogel auf einer Zeder, und plötzlich waren wieder jene verzaubernd schönen Klänge zu hören, die der Mann in seinem Traum vernommen hatte. In einen Ast hatte der Specht mit seinem Schnabel Löcher hineingehackt, und immer, wenn der Wind hindurchblies, erklang die klagende Weise.

Der junge Mann kletterte hinauf und brach den Ast ab, den der Vogel bearbeitet hatte. »Höre, Specht«, sagte er zu dem Tier, »ich werde dieses Holz an mich nehmen, denn es ist ein leichtes für dich, ein anderes mit Löchern zu versehen.« Dann begab er sich auf den Rückweg, und es dauerte nicht lange, bis er aus dem Wald herausgefunden hatte. Er wanderte durch das Grasland und fand bald den Weg zurück ins Dorf. Es war das erste Mal, daß der junge Jäger ohne Beute zurückkehrte, doch in seiner Hand trug er den durchlöcherten Ast. Kaum war er im Erdhaus seiner Familie angekommen, versuchte er, dem Holz Töne zu entlocken und blies durch die Löcher, aber wie traurig war er, als alles stumm blieb und er allein seinen Atem hörte. Was machte er nur anders als der Wind, der dem Holz so schöne Klänge entlocken konnte.

»Alles, was ich bei meinem Jagdausflug erlebt habe«, dachte er, »hat eine Ursache, und ich will die Gründe herausfinden, warum ich solche Töne hörte. Ich werde die verborgenen Kräfte dieser Erde anrufen und hoffe, daß sie mir ein weiteres Traumbild schicken.«

So stieg er auf einen einsamen Hügel, reinigte und erneuerte sich in einem Schwitzbad und sprach lange zu jenen Kräften, die in allen vier Himmelsrichtungen zu finden sind. Noch während er sprach, hatte er wieder einen Traum. Der Specht erschien und sagte: »Ich werde dich lehren, wie du eine Flöte schnitzt und wie du sie zu blasen hast. Schau genau zu und mach alles so, wie ich es dir zeige. Nichts von dem, was du sehen wirst, darfst du verändern.«

Nun sah der junge Jäger, wie Flöten angefertigt und geblasen werden. Als das Traumbild schließlich verschwunden war, suchte er eine Zeder, nahm einen Ast und brachte die Löcher genau an jenen Stellen an, die ihm der Specht angewiesen hatte. Dann blies er in die Röhre hinein, und da erklangen geradewegs solche Töne, wie sie zuerst in seinem nächtlichen Traumbild erschallt waren. Wann immer er nur konnte, spielte er von nun an seine Weisen auf dem neuen Instrument.

Eines Abends saß das Oberhaupt des Dorfes mit seiner Familie bei einer Mahlzeit, und seine Tochter bediente alle, die sich im Erdhaus versammelt hatten. Die Schönheit der jungen Frau wurde von allen Männern gerühmt, doch war sie von stolzem Wesen und hatte stets die Freier abgewiesen, die um sie warben. »Er ist nicht gut genug für mich«, pflegte sie zu sagen. Daher hatte der junge Jäger es nicht gewagt, bei ihr und ihrer Familie vorzusprechen, denn er kam zwar aus einer rechtschaffenen Familie, doch zählte sie nicht zu den Wohlhabenden im Dorf.

Als die junge Frau nun aber die langen, klagenden Klänge hörte, war es ihr, als enthielten sie eine Botschaft. »Was mögen das für Töne sein«, fragte sie sich, »nie zuvor habe ich so etwas gehört. Es klingt wie ein Rufen, ein Locken, und es gilt allein mir. Ich kann ihnen nicht widerstehen.«

Schon hatte sie sich erhoben und ging nach draußen. Die Klänge kamen aus einem kleinen Hain, der sich nahe an ihrem Erdhaus befand. Sie eilte zu den Bäumen und fand dort den Jäger, der auf seiner Flöte blies. Man sagt, die beiden wären rasch ein Paar geworden und hätten zusammen ein glückliches Leben geführt. Seither aber haben viele junge Männer auf Flöten musiziert, wenn sie um die Gunst einer Frau warben.

In späteren Zeiten prägten sich Männer die Lieder der Frauen ein, wenn sie an jenem Erdhaus vorübergingen, in das sich Frauen während der Zeit ihrer Blutung zurückzogen. Hier saßen sie über Handarbeiten oder bemalten Lederstücke und sangen dabei. Ihre Worte wiederholten, was ein Liebster ihnen sagte, oder sie beschrieben den Auserwählten. Andere Lieder drückten Gefühle für den künftigen Gefährten aus. Hörten Männer solche Lieder, bliesen sie auf Flöten Weisen, die geradewegs klangen wie die Worte der Frauen.

Die Augen des Spinnenmanns

Ganz wie es seinen Gewohnheiten entsprach, ging der Spinnenmann Unktomi auch an diesem Tag ziellos umher. Er hatte kein Erdhaus, in dem er wohnte, und er zeigte keinen Willen, sich durch Jagen Nahrung zu verschaffen. Statt dessen wanderte er durch das Grasland und war stets bemüht, die Aufmerksamkeit von anderen auf sich zu lenken, um auf diese Weise zu einer Mahlzeit zu gelangen oder aber auch nur um sie zu narren und auszunutzen.
Während er so durch die Prärie wanderte, entdeckte er plötzlich in einiger Entfernung eine große Menschenmenge, die sich offenbar um einen Mann versammelt hatte und gebannt zu ihm hinüberstarrte. Der Spinnenmann mischte sich unter die Leute, drang immer weiter nach vorne und sah auch schon den Grund für die Aufregung der Leute. Vor ihm stand ein Wakan'han, ein Mann, der über verborgene Kräfte und übernatürliche Fähigkeiten verfügte, welche das Können von Gewöhnlichen bei weitem übertraf.
»Seht her, ihr Leute«, rief der Wakan'han den Neugierigen zu, »Ishta, meine Augen, werden umherwandern. Augen, tretet aus euren Höhlen und geht auf Wanderschaft!«
Und tatsächlich traten seine Augen heraus, wanderten umher und verschwanden in den Weiten des Graslands. Staunend und voller Ehrfurcht und Anerkennung blickten sich die Umstehenden an. Nach einer Weile rief der Wakan'han: »Augen, kehrt zurück an euren Platz!«
Im Nu saßen beide Augen wieder fest in ihren Höhlen.
Auch der Spinnenmann war begeistert von dem, was er sah, und er dachte angestrengt nach. Wieder traten die Augen aus ihren Höhlen und kehrten zurück. »Wenn doch auch

ich so etwas vollbringen könnte«, grübelte Unktomi, »wie würden die Menschen mich bewundern. Alle kämen und stünden um mich herum. Vielleicht würden sie mich sogar noch mehr verehren als diesen Mann hier. Oh, wie wäre das schön. Ich würde dort stehen und meine Augen auf Wanderschaft schicken. Alle würden sehen, was ich mit meinem Willen bewerkstelligen kann, und alle wären wie verzaubert von meinen Fertigkeiten. Wie gern hätte ich diese Gabe.«

Wieder sprach der Wakan'han: »Augen, verlaßt eure Höhlen.« Als sie dann aber an ihren Platz zurückgekehrt waren, sagte er den Leuten, nun hätten sie genug gesehen und er werde seine Darbietung beenden. Schnell zerstreuten sich die Zuschauer und gingen zurück zu ihren Geschäften, nur Unktomi blieb.

»Mein kleiner Bruder«, sagte er zu dem Wakan'han, »könntest du mich lehren, wie man das vollbringt, was du uns gezeigt hast?«

»Nicht jeder ist dazu bestimmt«, entgegnete der machtvolle Mann, »seine Augen auf Wanderschaft zu schicken. Es gelingt nur jenen, die keinen Dünkel haben. Man sollte sich selbst genau kennen und von beständiger Art sein. Solch eine Fertigkeit ist nichts für Narren und auch nichts für jene, welche die Regeln außer acht lassen, die es unbedingt einzuhalten gilt.«

»Aber nein«, antwortete Unktomi, »zu solch Unachtsamen gehöre ich nicht. Ich bin sicher einer von denen, die das Wunder vollbringen könnten, wenn du mir nur zeigen würdest, wie es gelingt. Weißt du, ich wollte schon immer, daß die Menschen mich anschauen und denken, was für ein Könner ich bin. Gerade so, wie sie jetzt von dir denken.«

»Überlege es dir gut«, sagte daraufhin der Wakan'han, »man muß es mit aller Vorsicht und Aufmerksamkeit anstellen. Es bedarf höchster Konzentration, denn diese Wand-

lung ist nichts, was einfach nur so geschieht. Auch muß man die Regeln mit großer Genauigkeit befolgen.«
»Ich könnte es sicherlich. Mir wird es schon gelingen, wenn du mich nur in dieser Fertigkeit unterweist.« Ohne Unterbrechung flehte der Spinnenmann den Wakan'han um eine Unterweisung an, und schließlich willigte der Mann ein. »Ich werde dich einweihen.«
Sie zogen sich an einen verborgenen Ort zurück, und der Wakan'han unterrichtete den Spinnenmann in seiner Kunst. Dann aber sagte er: »Wenn du deine Augen auf Wanderschaft schickst, denke stets daran, daß du sie nicht öfter als viermal hintereinander ausziehen läßt. Sollte es auch nur ein einziges Mal mehr sein, werden sie nie mehr zurückkehren. Und solltest du noch so sehr um sie flehen, sie werden dich für immer verlassen.«
»Sorge dich nicht«, rief Unktomi, »ich werde mit aller Vorsicht handeln. Nie werde ich sie öfter auf Wanderschaft schicken als viermal hintereinander.«
»So soll es sein«, erwiderte der Wakan'han, »und halte dich an diese Regel. Es ist die wichtigste von allen.« Dann war er verschwunden.
Alsbald zog der Spinnenmann wieder durch das Grasland und wartete nur auf eine Gelegenheit, seine neuerworbene Fertigkeit einem staunenden Publikum zu zeigen. Bald hatte er einige Menschen entdeckt, die gemeinsam Fleisch zum Trocknen aufhängten. Auffällig stolzierte Unktomi in ihre Nähe und tat alles, damit sie ihn recht bald sahen. Als er nahe genug herangekommen war, sagte er: »Augen, tretet aus euren Höhlen!«
Sofort begannen seine Augen umherzuwandern und waren flugs verschwunden. Erstaunt sahen ihn die Leute an. Dann rief der Spinnenmann: »Kommt zurück, meine Augen!«
Die Menschen konnten kaum glauben, was sie gesehen hat-

ten, und begannen laut über den Spinnenmann zu reden. Ihr aufgeregtes Sprechen zog bald Neugierige an. Wieder schickte Unktomi seine Augen auf Wanderschaft und rief sie zurück, dann ein drittes Mal.
Nun riefen die Leute Nachbarn herbei und andere Männer und Frauen, die in größerer Entfernung arbeiteten. »Kommt herüber«, schrieen sie, »der Spinnenmann vollbringt Unglaubliches!«
Mehr und mehr Leute kamen, und die Menge der Zuschauer wuchs und wuchs. Unktomi aber wollte, daß ihn auch wirklich alle bewunderten. So schickte er seine Augen ein viertes Mal aus.
»Es sind so viele Menschen gekommen«, dachte er, als seine Augen wieder in ihren Höhlen saßen, »und alle bewundern mich und schauen zu mir auf.« Da schickte er die Augen erneut auf Wanderschaft, und auch dieses Mal traten sie aus ihren Höhlen. Als er sie aber zurückrief, blieben sie verschwunden. Immer wieder befahl er den Augen zurückzukehren, doch nichts geschah.
Enttäuscht sagten die Leute: »Ach, der Spinnenmann, der weiß doch nicht, was er tut. Er bringt es nicht einmal fertig, daß ihm seine Augen gehorchen.« Und rasch zerstreute sich die Menge, und jeder kehrte zurück zu seiner Beschäftigung.
Der blinde Spinnenmann aber blieb allein zurück und stellte endlich das Rufen nach seinen Augen ein. Er fühlte sich hungrig und durstig und rief nach den Leuten, die ihn eben noch tief bewundert hatten. »Kommt her und helft mir. Ich bin hungrig und durstig, aber ich kann nichts sehen.«
Aber da ihm niemand Aufmerksamkeit oder auch nur Beachtung schenkte, dachte er: »Ich muß trinken, mein Durst ist so quälend. Ich will hinuntergehen zu dem nahen Fluß, irgendwie muß ich es schaffen.«

Unktomi aber wußte, daß sich die Pflanzen zum Wasser hin veränderten. In trockener Erde wuchsen andere als in feuchtem Boden. »Ich werde die Pflanzen auf meinem Weg berühren«, dachte er, »sie nach ihrem Namen fragen und auf ihre Antwort warten. So werde ich wissen, wie nahe ich dem Wasser bin und ob ich den rechten Pfad eingeschlagen habe.«

Er tastete sich langsam voran und fand bald eine erste Pflanze, die aus dem Gras emporwuchs. »Wie ist dein Name«, fragte er.

»Ich bin der Rosenbusch«, antwortete die Pflanze, »mein Name ist Onjinjintka, Rosenbusch.«

»Aber hast du nicht noch einen anderen Namen?«

»Ich heiße Rosenbusch.«

»Du weißt doch, daß wir Menschen und viele andere Dinge zwei Namen haben. Wie also nennst du dich?«

»Rosenbusch.«

»Aber sicher hast du noch einen anderen Namen. Wie also heißt du?«

Schließlich gab die Pflanze dem Drängen des Spinnenmanns nach. »Mein zweiter Name lautet Ißt-du-meine-Beeren-wird-dein-Hinterteil-jucken.«

»Wer hat schon so einen dummen Namen«, sagte Unktomi und hatte rasch alle Beeren gepflückt und aufgegessen, um seinen knurrenden Magen zu besänftigen. Dann ging er weiter auf der Suche nach dem Fluß. »Ich möchte nur wissen, warum der Rosenbusch einen so unsinnigen Namen genannt hat«, dachte er gerade, als plötzlich sein Hinterteil zu jucken begann. Der Juckreiz wurde immer stärker, und Unktomi kratzte und kratzte, aber die Qual ließ nicht nach. Da geriet ihm ein Stock zwischen die Beine, und er griff ihn auf, um sich damit zu kratzen, doch das rauhe Holz verletzte ihn, und er wurde wund. So setzte er sich nieder, um auszuruhen. »Die Pflanze hat wohl wahr gesprochen«, dachte er. Es dauerte eine ganze Weile, bis er sich besser fühlte. Dann machte er sich wieder auf den Weg hinunter zum Fluß. Fortwährend tastete er nach den Pflanzen, und bald bemerkte er, daß es andere waren als zuvor. Er hatte den richtigen Pfad eingeschlagen und konnte nicht mehr allzuweit vom Wasser entfernt sein. Wieder stand er vor einer Pflanze.

»Wie heißt du«, fragte er.

»Mein Name ist Pangi, ich bin die Artischocke und auch als Topinambur bekannt.«

»Aber du hast sicher noch einen anderen Namen. Also, wie heißt du?«

»Nein, ich bin Pangi.«

»Du mußt einen zweiten Namen haben.«

»Ich heiße Topinambur.«

»Alles hat zwei Namen, wie also lautet deiner?«

Auch diese Pflanze gab dem Drängen von Unktomi nach. »Mein zweiter Name ist Bringt-die-Leute-zum-Furzen.«

»Das kann nicht sein, niemand trägt solch einen Namen. Unk'che, Furzen, niemand hat jemals von Bringt-die-Leute-zum-Furzen gehört.«

Also machte sich der hungrige Spinnenmann daran, alle Knollen des Topinambur zu verspeisen, die seine tastenden Hände nur ergreifen konnten. Er hatte schon eine große Menge zu sich genommen, und nichts war geschehen. »Wovon«, dachte er, »hat diese Pflanze nur gesprochen?«

Dann aber richtete er sich auf, und als er auch nur einen einzigen Schritt tat, entwich ihm mit lautem Geräusch ein Wind.

»Hat sie vielleicht doch die Wahrheit gesagt«, dachte er und tat einen zweiten Schritt. Fast wurde er ein wenig verlegen, denn wenn ihn jemand hörte, würde man ihn ausla-

chen. Er versuchte, weiterzugehen, aber bald waren es so viele und starke Geräusche, die ihm entwichen, daß sein Hinterteil hoch in die Luft ragte. Er hielt sich an dem Stock fest, den er gefunden hatte, aber die Winde trieben ihn hoch, und er schien fast über dem Boden zu schweben. Schließlich hielt er inne und legte sich erschöpft ins Gras. »Auch diese Pflanze hat wohl wahr gesprochen«, dachte er. Als er sich ausgeruht hatte und seine Not nachließ, machte er sich auf und zog weiter in jene Richtung, in der er den Fluß vermutete. Bald hatte er das Ufer erreicht, denn er hörte, wie die Wellen leise plätscherten. Er beugte sich nieder, um zu trinken, doch da er blind war, bemerkte er nicht, daß es ein sehr steiles Ufer war. Seine Lippen konnten das erfrischende Naß nicht finden, er beugte sich tiefer und tiefer, und plötzlich fiel er in die Fluten hinein. Sogleich bemerkte er, daß es ein reißender Fluß mit vielen Strudeln war, die ihn immer wieder unter Wasser zogen.
»Ach«, dachte er verzweifelt, »könnte ich doch wieder sehen. Und hätte ich nur auf den Mann gehört und meine Augen nicht öfter als viermal ausgesendet.«
Seine Verzweiflung wuchs zusehends, denn es schien, als gäbe es kein Entrinnen für ihn. »Hat denn niemand Mitleid mit mir und hilft mir. Blindheit ist ein schweres Los. Kann mir keiner mein Augenlicht zurückgeben?«
Da erbarmte sich einer von den Wassergeistern, die in dem Fluß wohnten. Es war eines jener Wesen, die wie Fische oder Schildkröten oder manchmal auch nur wie eine Gestalt aus Wasser aussehen. Schnell war er bei dem Ertrinkenden. »Ich habe dein Weinen und Rufen gehört, Spinnenmann, und du scheinst in großer Not zu sein.«
»Ja, das bin ich«, erwiderte Unktomi und erzählte, wie er seine Augen ein fünftes Mal auf eine Wanderschaft ausgesandt hatte, von der sie nicht mehr zurückkehrten. Dann

berichtete er von seinem quälenden Durst und wie er vom Ufer in die Fluten gestürzt war.
»Ich werde dir helfen«, sagte der gutmütige Wassergeist, »denn du hast mein Mitleid erregt. Ich möchte nicht, daß du wegen deiner Blindheit umkommst oder einem gefährlichen Tier zum Opfer fällst.«
Er hielt den Spinnenmann fest, und die Wellen spülten seine Augen gründlich aus. Überall aber, wo Wassergeister in Flüssen hausen und wo sich Strudel drehen, hat das Wasser jene geheimnisvolle Mini Wakan, eine heilende Kraft. Und so war es auch hier. Die heilsamen Substanzen im Wasser bewirkten das Unmögliche, denn plötzlich waren die Augen wieder an ihrem Platz.
Überglücklich bedankte sich Unktomi bei dem freundlichen Wassergeist und blickte sich um. Da sah er das rettende Ufer, schwamm darauf zu und kletterte hinauf. Dort oben wuchs fettes, grünes Gras, und hier schritt der Spinnenmann nun frohgemut voran. Noch dachte er an seine glückliche Rettung, als er plötzlich aus der Ferne ein Geräusch hörte, das wie Trommeln klang.
»Wo mag das nur herkommen«, sagte er zu sich und blickte in alle Richtungen. Schließlich glaubte er, den Ort entdeckt zu haben, wo Trommler auf eine Membran schlugen. Rasch ging er darauf zu. Plötzlich entdeckte er Tatanka Ptepahu, einen großen Bisonschädel, der vor ihm im hohen Gras lag.
»Was geschieht hier«, dachte er, »da muß doch tatsächlich jemand im Inneren des Schädels tanzen.« Neugierig bückte er sich und sah durch eine der Augenhöhlen in den Schädel hinein. Tatsächlich, hier hatten sich Mäuse versammelt, die ein Tanzfest veranstalteten.
»Was glotzt du so zu uns hinein, Spinnenmann? Das ist unser Tanz«, riefen die Mäuse.
»Ich hörte ein Geräusch«, erwiderte Unktomi, »und ich

wollte wissen, wer dort singt und tanzt. Ihr Mäuse seid es also.«
»Ja, wir sind es«, sagten die Mäuse unwillig, »aber nun hast du uns lange genug gestört. Entferne dich bitte.«
»Nein«, entgegnete Unktomi barsch, »ich will dabeisein bei eurem Tanzfest.«
»Aber du bist zu groß! Wie willst du hier hineingelangen?«
»Das wird mir schon gelingen. Hinter dem Kinn ist ein großes Loch im Knochen, dort werde ich hineinkriechen.«
Mit aller Kraft versuchte Unktomi, seinen Kopf durch die Öffnung zu zwängen. Immer wieder drückte er sich in den Durchlaß hinein. Plötzlich steckte er fest und konnte weder vor noch zurück. Schnell flüchteten die Mäuse und rannten mit ihrer Trommel weg. Als sich aber der Spinnenmann erhob, steckte der Bisonschädel fest auf seinem Kopf. Sosehr er auch daran ziehen mochte, er konnte ihn nicht abstreifen. Ratlos setzte er sich ins Gras, denn wieder konnte er nichts sehen.
Eine Weile verging, und Unktomi wurde erneut von Durst geplagt. »Ich werde zurück zum Fluß gehen«, dachte er, »denn ich erinnere mich noch genau an den Pfad, den ich eingeschlagen habe, um hierher zu gelangen.«
Und so folgte er dem Weg, doch als er schließlich den Fluß erreichte, bedachte er nicht, daß das Ufer sehr steil war. Er rutschte ab und fiel geradewegs wieder in die Fluten. Das Gewicht des Schädels trieb ihn in die Mitte des Wassers, wo ihn die Strömung hinunterzog. Dann aber tauchte er auf und wurde auf eine Sandbank getrieben.
»Was kann ich nur tun«, dachte Unktomi. Schon aber hörte er, wie einige Leute am Ufer entlanggingen und miteinander sprachen.
»Seht doch nur«, sagten sie, »das Wasser hat diesen Bisonschädel angeschwemmt. Er muß Teil eines sehr machtvollen

und wundersamen Skeletts sein, wenn er hier auf diese Sandbank gelangen konnte. Wir sollten herausfinden, über welche Kräfte es verfügt. Vielleicht kann dieser Knochen uns nutzen. Doch sind wir zu wenige und sollten noch mehr Leute herbeirufen.«

Rasch eilten sie in ihr Wichoti, ihr nahe gelegenes Dorf, und riefen die Bewohner zusammen. »Kommt mit uns, wir haben etwas Ungewöhnliches gefunden. Vielleicht kann es uns zu irgend etwas dienen.«

Inzwischen aber hatte sich der Spinnenmann erhoben und wanderte auf der Sandbank umher.

»Sehr nur«, riefen die Leute verwundert, als sie ans Ufer zurückkehrten, »seht nur, dieser Bisonschädel hat Arme und Beine wie ein Mensch. Was immer das für ein Wesen ist, es muß über außergewöhnliche Fähigkeiten verfügen.«

Unktomi aber hatte gehört, wie sie miteinander sprachen, und rief hinüber: »Aber ich bin es doch nur, der Spinnenmann. Ich stecke fest in diesem Bisonschädel.«

Da antworteten die Leute: »Du also, Unktomi. Immer stellst du unmögliche Dinge an.«

Aber sie wollten sicher sein, daß es wirklich der Spinnenmann war. Also schwammen sie zu ihm hinüber und zerschlugen den Schädel mit Steinen.

»Also wirklich nur du«, sagten die Leute und ließen den verdutzten Spinnenmann allein zurück auf seiner Sandbank.

Die Frau, die sich in Stein verwandelte

Es wird erzählt, daß die Tochter einer Dakota-Familie anders war als andere Kinder. Sie lebte zusammen mit ihren Eltern, einem Bruder und ihrer Großmutter in einem Erdhaus. Die Eltern bemerkten die Besonderheit des Mädchens, als es noch sehr klein war. Ihre Tochter beteiligte sich niemals an den Spielen der anderen Kinder und verhielt sich auch anders als ihre Altersgenossen. Sie streifte am liebsten allein durch das Grasland, ging zu den Seen, Teichen und Flüssen oder lief über die Hügel. Von ihren Erlebnissen in der Prärie erzählte sie der ganzen Familie, aber am häufigsten sprach sie mit ihrer Großmutter, denn die alte Frau teilte ihr Wissen mit ihr und lehrte sie alles über die Tiere und Pflanzen. Stets kam das Kind voller Glück von seinen Wanderungen zurück.

So sagte das Mädchen eines Tages: »Ja, heute habe ich auf meiner Wanderung ein Erdhörnchen gesehen.«

Die Großmutter war eine gütige Frau und fragte: »Und was hat es gemacht?«

Da antwortete das Kind: »Ich sah, wie es über die Erde lief.«

Und das Mädchen erzählte mehr von bunten Schmetterlingen, die ihm begegnet waren, und allen Tieren im Grasland. Ihre Freude und ihre Hingabe an die Wesen der Natur waren grenzenlos. An manchen Tagen berichtete sie sogar von so seltenen Tieren wie den Eidechsen, die sich in Löchern im Boden verstecken. Immer wieder erzählte sie den Erwachsenen eifrig und voller Inbrunst von all den Tieren, die sie gesehen hatte.

Die Großmutter aber wußte die Beobachtungen ihrer Enkelin mit dem Wissen von Heilern zu verbinden. Wieder einmal kam das Mädchen von einer Wanderung zurück und sagte: »Großmutter, ich bin heute über den Hügel gegangen, und weißt du, wer dort langspazierte mit hoch erhobenem Schwanz?«

»Ja«, antwortete die Großmutter, »das kann nur der Skunk gewesen sein. Es ist ja bekannt, daß er schlecht riecht, deshalb nennt man ihn auch Stinktier, aber weißt du auch, daß er über große Kräfte verfügt? Der Skunk besitzt Heilkraft, und wir Menschen nutzen sie schon seit langer Zeit. Eine Medizin, die er uns gibt, nehmen wir zur Heilung von Augenkrankheiten. Es ist sein Sekret, das er umherspritzt, wir aber tropfen es in unsere Augen. Es wirkt selbst bei alten Menschen, und so müssen sie nicht auf ihr Augenlicht verzichten und können sogar wieder gut sehen. Aber es hilft auch bei Erkältungen, wenn ein Kranker von starkem Husten geplagt wird und häufig seine Nase schneuzt. Dann wird das Sekret mit dem Fett des Skunks vermischt und auf der Brust des Kranken eingerieben, der bald gesunden wird. Du siehst also, der Skunk ist ein sehr gutes Tier.«

»Aber das weiß ich doch schon, Großmutter, du hast es mir bereits gesagt, als ich zum ersten Mal einen Skunk und seinen aufgerichteten, buschigen Schwanz gesehen habe.«

»Es gibt aber noch etwas, das du wissen solltest. Der Skunk selbst ist eine gute Medizin. Er ißt ja all diese Würmer, die im Boden kriechen. Und wenn wir große Sorgen haben oder zu unreinen Plätzen gehen, gelangen manchmal einige von ihnen in unsere Körper, oder andere befallen Neugeborene. Dann wachsen sie in unseren Körpern und führen zu Geschwülsten oder Beulen. Einige von den Menschen, die um Kraft und Weisheit beten, um Kranke zu heilen, träumen vom Skunk. Zu ihnen kommt der Skunk in einem Traumgesicht und wird zu ihrem Helfer. Solche Heiler haben die Fähigkeit, Geschwülste oder Beulen zu entfernen

und die Würmer zu töten. So müssen die Kranken nicht an ihrem Leiden sterben. Deshalb dürfen wir nie vergessen, wie machtvoll der Skunk ist.«
»Davon habe ich noch nie gehört, Großmutter, aber ich werde mich immer an deine Worte erinnern, wenn ich einen Skunk sehe.«
Das Mädchen versuchte alles zu lernen, was eine Dakota-Frau wissen muß, und arbeitete fleißig im Erdhaus, half ihrer Mutter beim Kochen und Fegen, und keine Arbeit war ihr zuviel. Sie holte Holz und Wasser und trocknete im Herbst die Früchte für den Winter. Immer wieder aber ging sie hinaus in die Prärie.
Von einer Wanderung kehrte sie zurück und erzählte der Mutter: »Es ist Frühling, und die Bäume werden grün. In einem Baum saß eine Lerche mit ihrem gelbschwarzen Gefieder. Und weißt du, Mutter, sie hat gesprochen und mir Geschichten erzählt.«
»Ja, meine Tochter«, antwortete die Mutter, »Lerchen können sprechen. Die ersten Menschen wußten noch nicht, wie man spricht. Sie konnten nur Geräusche machen. Da kam die Lerche zu den Menschen und sang für sie. Ihr Gesang klang wie ahh, ahh, washte. Immer wieder sang die Lerche dieses Lied. Als die Menschen merkten, daß die Lerche anders ist als andere Vögel, wurden sie auf ihr Lied aufmerksam, hörten genau hin und wiederholten die Wörter, und schließlich kannten sie ihre Bedeutung. Es waren zuerst nur einfache Dakota-Wörter, dann aber wurden es mehr und mehr, bis es alle Wörter waren, die man im Dakota kennt. Noch heute kann man die Lerche sprechen hören, und manchmal erzählt sie uns sogar von Dingen, die erst künftig geschehen werden. Gerade im Frühling, wenn sie aus ihrem Winterquartier zurückkommt, spricht sie sehr viel. Später im Sommer und im Herbst wird sie immer stiller, bis sie

kaum noch spricht. Erst im nächsten Frühjahr erzählt sie uns wieder Neuigkeiten. Das also, meine Tochter, ist die Geschichte der Lerche.«

»Ich bin sehr froh«, antwortete das Mädchen, »daß uns die Lerche gelehrt hat, wie man spricht. So können wir anderen erzählen, was wir denken. Und wir können anderen Menschen Schönes über sie sagen, denn dazu ist ja Sprache da.«

Die Zeit verging, und das Mädchen würde nun bald jenes Alter erreichen, in dem es zur Frau heranwuchs, aber noch immer streifte es durch das Grasland, ging zu den Teichen und an den Flüssen entlang. An einem warmen Tag kehrte es von einer Wanderung zurück und traf im Haus die Großmutter und den Bruder.

»Heute bin ich am Fluß gewesen, und stellt euch nur vor, wer dort schwamm. Das Tier schlug mit seinem Schwanz auf das Wasser und machte damit ein lautes Geräusch. In seinem Mund aber hat es Holzstücke getragen.«

»Ich weiß schon«, antwortete der Bruder, »das kann nur der Biber gewesen sein.«

»Der Biber«, erklärte die Großmutter, »ist ein fleißiges Tier und ist immer damit beschäftigt, sein Haus in Ordnung zu halten. Wir Dakota mußten erst lernen, was Tiwahe bedeutet. Es ist die Familie, aber auch das Haus, in dem eine Familie lebt. Alles muß sich hier zueinanderfügen. Der Biber hat das früher gewußt als die Menschen. Er baut ein Haus aus Stöcken und Schlamm. Und um dieses Haus kümmert er sich fortwährend. Er arbeitet sehr hart, um es in gutem Zustand zu halten. Dies hat der Biber die Menschen gelehrt, unsere Häuser sollen schöne, fröhliche und vergnügte Orte sein.«

»Der Biber hat also zuerst verstanden«, erwiderte das Mädchen, »daß man ein Haus braucht für die Familie und um Nahrungsvorräte aufzubewahren. Er ist den ganzen Sommer über damit beschäftigt, Stöcke zu sammeln. Manches Hochwasser im Frühjahr zerstört sein Haus, und immer wieder repariert er es. Und auch dies lernen wir von ihm.«

Von einer anderen Wanderung kam das Mädchen zurück und erzählte der Großmutter: »Heute habe ich dort oben auf dem Hügel gesessen. Da flog der Adler vorbei, zog seine Kreise und pfiff. Wie gut nur, Großmutter, daß du mir sagtest, der Adler sei das Sinnbild für die Seelen unserer Verstorbenen. Deshalb trage ich stets ein wenig Kräutertabak bei mir, den ich als Gabe für ihn auslege, wann immer ich ihn sehe. Ich habe auch etwas von dem Essen ausgelegt, das ich bei mir hatte.«

»So war es richtig«, entgegnete die alte Frau, »denn vor langer Zeit lernten die Menschen, daß sie Nahrung für die Seelen der Verstorbenen bereithalten müssen. Jedes Wesen, das auf dieser Erde lebt, hat eine Seele, die nach ihrem Tod auf der Erde bleibt, und eine zweite, die wie der Wind ist und sich auf die Reise zu den Sternen begibt. Über die erdgebundenen Seelen erzählt man sich bei den Dakota folgende Geschichte. Vor langer Zeit zog eine Gefolgschaft aus, um im Westen Pferde zu rauben, denn sie hatten nur noch wenige in ihrem Dorf. Auf ihrem Weg trafen die Männer eine erdgebundene Seele und wußten nicht, wie sie sich verhalten sollten, denn es war eine unheimliche Begegnung. Man sagt, unter ihnen sei ein scheuer, ruhiger Mann gewesen. Er war der erste, der für die Seele Nahrung und Kräutertabak bereitstellte. Seither gehört dies zum Brauchtum der Dakota, und in unserem Verständnis von der Welt versinnbildlicht der Adler die erdgebundene Seele eines Verstorbenen. Deshalb halten wir bis heute Nahrung und Kräutertabak bereit, wann immer wir ihn sehen.«

Nach der Rückkehr von einer anderen Wanderung erzählte das Mädchen der Großmutter: »Der Bison sieht so groß und furchteinflößend aus, und wenn er umhergeht, bewegt sich sein Kopf von einer Seite zur anderen, und dabei schaut er umher. Trotz seiner mächtigen Gestalt hatte ich keine Angst vor ihm, denn ich erinnerte mich an das, Großmutter, was du uns erzählt hast. Als einige der ersten Menschen von der unterirdischen Welt auf die Oberfläche der Erde kamen, hatten sie noch keine menschliche Gestalt. Sie erschienen zuerst in der Form von Bisons, bevor sie Dakota wurden.«

»Ganz recht, meine Enkelin«, antwortete die Großmutter, »auch der Bison lebte einst in der unterirdischen Welt. Noch heute, so erzählt man, sollen jene, die durch Höhlen in die unterirdische Welt gehen können, dort Bisons finden. Aber wegen des vielen Wassers dort sollen sie anders aussehen als ihre Vettern hier in der Oberwelt. Als die Menschen nach und nach die unterirdische Welt verließen, erschienen einige von ihnen bei uns hier oben zuerst als Tiere. Manche hatten die Gestalt von Bären, andere die von Bisons. Jenen im Bisonkörper versicherte das Tier vor langer Zeit, daß es für sie sorgen wolle, wenn sie in der Oberwelt menschliche Gestalt annähmen. Und du weißt, daß dies bis heute so ist. Wir Dakota essen sein Fleisch und fertigen aus seiner Haut Umhänge, Tipis, Schilde und Behälter, in denen wir Nahrungsvorräte aufbewahren. Seine Rückenhaut benötigen wir als Unterlage, um Fleisch zu zerkleinern. Aus den Hörnern entsteht eine Medizin für Krankheiten der Lungen. Und aus seinen Hufen fertigen wir Rasseln für die Begleitung unserer Tänze. Ja, das Bison hat sich in der Vergangenheit um uns gekümmert und tut dies noch heute.«

»Ich werde es nicht vergessen«, sagte das Mädchen, »und ich bin froh, daß der Bison unser Verwandter ist, der uns hilft.«

Ein anderes Mal erzählte es: »Großmutter, heute war ich

am Fluß dort unten, und wer saß dort? Es war der Waschbär. Und weißt du, was er machte? Er hielt etwas in seiner Tatze und wusch es im Wasser, betrachtete es und wusch es noch einmal, bevor er es verspeiste.«

Die Großmutter nickte: »Die ersten Menschen, die vor langer Zeit in die Oberwelt kamen, wußten nicht viel davon, wie das Leben zu bestreiten ist, und sie hatten deshalb viel Mühsal. Vor allem betraf dies die Dinge, die sie kochten und aßen. Einer der Altvorderen beobachtete einst jedoch den Waschbären. Du weißt, er ist ein so hübsches Tier mit seinen großen Augen und seinem schönen Pelz, aber er ist auch klug, neugierig und betrachtet sich alles ganz genau. Er versteht viel von dem, was in der Welt vor sich geht, und er will auch alles verstehen, was er sieht und wahrnimmt. So fragten sich schließlich die Menschen, wie es wohl sein mochte, wenn man alles versteht. Sie begannen den Waschbären zu beobachten und sahen, daß er seine Nahrung wäscht und putzt und nur saubere Dinge ißt. Sie dachten, das könne ihnen nützlich sein, und von da an begannen sie, ihre Nahrung zu säubern und auch die Kochstelle und das Geschirr rein zu halten. Wir Heutigen sind sogar noch genauer, denn wir glauben, jemand, der kocht und eine Mahlzeit zubereitet, solle nicht nur gute Speisen garen, sondern bei dieser Arbeit auch gute Gedanken haben. Saubere Nahrungsmittel dienen der Gesundheit, und sie machen uns frohgemut. So verstehen wir mehr von dieser Welt. All dies hat uns der Waschbär gelehrt.«

Die Zeit verging, und aus dem Mädchen war nun fast schon eine junge Frau geworden. Sie war wunderschön und anmutig, aber sie hatte auch ein gutes Herz. Fleißig ging sie der Mutter und der Großmutter bei ihren Arbeiten zur Hand, nie aber hatte sie ihre Wanderungen aufgegeben. Noch immer zog sie hinaus in die Prärie und beobachtete all die Tiere und Pflanzen und ergötzte sich an ihrem Wesen.

So setzte sie sich eines Tages wieder einmal zur Großmutter und sagte: »Heute sah ich diesen Frosch, wie er mitten in einem Teich auf einem Stein saß.«

»Hast du ihn dir auch genau angesehen?« fragte die Großmutter.

»Ja, ganz sorgfältig. Denn du hast mich gelehrt, daß wir Frösche im Wasser sehr gewissenhaft betrachten sollen. Sieht seine Hautfarbe gesund aus, ist seine Körperzeichnung so, wie sie sein sollte, hat er alle Zehen, und stehen seine Augen hervor und sind klar und ohne Trübung? All dies, so sagtest du, ist genau zu prüfen. Mein Frosch sah gut und sehr gesund aus.«

»Enkelin«, entgegnete die Großmutter, »in jener fernen Vergangenheit, als die Menschen erst lernen mußten, zu leben, begriffen sie die Bedeutung des Froschs. Kamen sie mit ihren Gefäßen an einen Fluß oder einen Teich, um Wasser zu holen, so betrachteten sie zuerst die Frösche, die dort lebten. Sahen die Frösche gesund aus und trugen sie keine Wundmale, so wußten sie, daß das Wasser rein und nicht vergiftet oder schmutzig war. Das haben die Menschen vom Frosch gelernt.«

Schließlich hatte das Mädchen ein Alter erreicht, in dem junge Frauen daran denken, zu heiraten und eine eigene Familie zu haben. Mutter und Großmutter ermutigten sie, eine Heirat zu erwägen. »Du bist alt genug«, sagten sie ihr, »und du solltest über ein eigenes Heim nachdenken. Für die Zukunft der Dakota ist unsere Vorstellung von Tiwahe, also einer Familie und ihrem Heim, von besonderer Bedeutung. Und wir hoffen, daß auch du nun daran denkst.«

»Ich habe diese Gedanken nicht«, erwiderte die junge Frau, »und Tiwahe bedeutet mir nichts. Ich möchte gerade so sein, wie ich bin, ich mag hinausgehen ins Grasland zu den Tieren, den Vögeln und jenen Kreaturen, die am Boden kriechen. Ich mag mich so, wie ich bin, und an Tiwahe denke ich nicht.«

»Das solltest du aber in deinem Alter tun«, entgegnete die Mutter.

Doch die junge Frau unterbrach ihre Wanderungen nicht und erzählte von nichts anderem als von den Tieren, dem Salbei und den anderen Kräutern, die sie sah. Eines Tages saß sie wieder bei der Großmutter: »Heute war ich bei der Stadt der Präriehunde. Und weißt du, sie haben nur Gras gegessen.«

»Ja«, sagte die Großmutter, »sie leben in solchen Orten unter der Erde, die mit einem unterirdischen Wegenetz verbunden sind. Wir Menschen aber müssen darauf achten, daß unsere Pferde nicht zu nahe an ihren Stätten grasen. Denn wenn die Präriehunde sehen, daß andere Wesen all das Gras fressen, überkommt sie Angst und Furcht. Immer wenn sie in solche Angstzustände geraten und sich um ihre Nahrung sorgen, haben sie bald darauf viele Kinder, da sie glauben, bald sterben zu müssen. Wenn es aber genügend Nahrung gibt, gebären die Mütter nur zwei Junge. Doch sollten sie an eine Hungersnot oder eine andere Gefahr glauben, sind es immer fünf oder sechs Neugeborene. Dann wachsen ihre Städte, und der Boden dort ist für andere Tiere wegen der vielen Löcher kaum noch zu betreten. Uns aber lehren die Präriehunde, wie vorteilhaft es ist, wenn eine Familie nur wenige Kinder hat. Dann gibt es immer reichlich für alle zu essen. Sollten aber die Nahrungsvorräte knapp sein, kann eine kinderreiche Familie kaum noch alle sättigen. Aus diesem Grund gebar deine Mutter auch nur dich und deinen Bruder, und unsere Tiwahe hatte niemals Schwierigkeiten wegen einer Verknappung der Vorräte. Er-

innere dich an meine Worte, wenn du dich bald verheiraten wirst.«
Aber die junge Frau dachte nicht an eine Vermählung, und so verging die Zeit. Eines Tages meldete sich ihr Bruder zu Wort: »Es ist an der Zeit, daß sich meine Schwester verheiratet und ein eigenes Haus und eine Familie hat. Die Eheschließung von Mann und Frau gehört zu unseren Sitten. Sie ist Teil unseres Lebens.«
Da sie schön war, von freundlichem Wesen, anmutig, sittsam und fleißig, hofften viele Familien im Dorf mit Söhnen im entsprechenden Alter, die junge Frau würde einst ihre Schwiegertochter. Ihr Bruder sprach mit all diesen Familien, und eines Tages verbreitete er zu Hause einen Vorschlag: »Ich habe einen Mann für meine Schwester gewählt. Er kommt aus einer guten Familie, er ist ein tüchtiger Jäger. Er und auch seine Familie sind einnehmende Leute, und er wird sicherlich ein geeigneter Gemahl für meine Schwester sein. Er hat uns reich beschenkt und uns sogar Pferde gegeben.«
Die ganze Familie war erfreut über die Wahl des Bruders, und zögernd willigte endlich auch die junge Frau ein. So errichtete man ein Erdhaus für das junge Paar, und die Frau wurde die Gemahlin jenes tugendhaften Mannes. Aber bereits nach wenigen Tagen kehrte sie zurück zu ihrer Familie. Wie groß war das Erstaunen der Großmutter. »Ist dein Gemahl nicht gut zu dir?«
»Ach, Großmutter«, antwortete die junge Frau, »er ist ein freundlicher Mann, und er behandelt mich gut und zuvorkommend. Aber ich habe euch bereits erklärt, daß es nicht meine Bestimmung ist, wie andere Menschen zu leben. Ich soll nicht so sein, wie es unseren Sitten und Gebräuchen entspricht.«
Mit dieser Verkündigung verließ sie das Erdhaus ihrer Familie. Die Großmutter war zunächst noch ruhig und ohne

Sorge. Meine Enkelin ist nur erregt und wird bald wieder zurückkehren, dachte sie. Aber der Tag verging, und als es Abend wurde, war die Frau noch immer fort. »Es ist nicht ihre Art, einfach zu gehen, ohne uns zu sagen, wo sie ist. Und sie war, wie ihr wißt, bisher immer vor Einbruch der Dunkelheit zurück.«

»Du kennst sie doch«, antwortete die Mutter beschwichtigend, »sicher muß sie sich erst daran gewöhnen, nun eine verheiratete Frau zu sein. Wahrscheinlich will sie noch einmal allein sein mit all den Wesen der Prärie, die sie so liebt und von denen sie immer erzählt. Sie wird wieder durch das Grasland wandern, über die Hügel und an den Flüssen entlang. Sorge dich nicht, sie wird bald zurücksein.«

Als die Nacht anbrach, wurde die Großmutter unruhig. »Meine Enkelin bleibt nicht einfach über Nacht weg. Ich möchte nur wissen, was mit ihr geschehen ist.«

Doch die Nacht verging, und im Morgengrauen war die Großmutter zutiefst beunruhigt. »Nie ist sie so lange weggeblieben, es ist nicht ihre Art. Wir müssen sie suchen.« Sie rief alle Verwandten im Dorf zusammen und sagte: »Meine Enkelin ist verschwunden, wir müssen sie suchen.«

Die Suchenden teilten sich in vier Gruppen ein, die in unterschiedliche Himmelsrichtungen aufbrechen sollten. Einige gingen nach Norden, andere nach Osten, eine dritte Gruppe brach nach Süden auf, aber die Großmutter ging mit jenen, die nach Westen zogen. Dort suchte sie mit den anderen den ganzen Tag über. Als die Sonne bereits tief über dem Horizont stand, entdeckten sie in der Ferne eine Gestalt auf einem Hügel.

Die Großmutter war ganz sicher. »Ich weiß, daß es meine Enkelin ist. Sie sitzt dort, wie sittsame Dakota-Frauen sitzen sollen, mit geschlossenen Knien und beide Beine nach einer Seite. Es ist meine Enkelin.«

Und die Großmutter begann zu laufen und rannte den Hügel hinauf. Keuchend kam sie oben an und umarmte ihre Enkelin. Aber als sie ihre Hüfte berührte, war diese hart wie Stein. »Was ist mit dir geschehen, meine Enkelin? Deine Hüfte fühlt sich an wie Stein.«

»Ich habe dir gesagt, daß mein Leben eine andere Bestimmung hat als die der anderen Menschen. Ich verwandele mich in Stein und werde für immer hier in der Prärie sitzen, ganz nahe bei all den Tieren, Vögeln und Pflanzen, die ich so sehr liebe. Wenn ich hier draußen ein Stein bin, werden mir die anderen Steine nahe sein. Die Gräser und Kräuter werden um mich herum wachsen, der Salbei und die Blumen. Die Erdhörnchen und Präriehunde, alle werden bei mir sitzen. Auch das Kaninchen wird kommen und an mir vorüberhoppeln. Großmutter, ich erinnere mich an alle Geschichten und jenes Wissen, das du mich über die Tiere gelehrt hast und jene alte Zeit, als die Dinge noch anders waren. So weiß ich noch sehr wohl, es war das Kaninchen, das scheueste von allen Kreaturen, das sich nicht wehren und vor seinen Feinden nur flüchten kann, jenes harmlose Kaninchen also half dem Wesen, das aus dem Herzberg herauskam, um den Wettlauf mit den Donnerwesen zu gewinnen. Aber auch die Bullschlange wird kommen und nahe an mir vorüberkriechen. Selbst von ihr hast du, Großmutter, mir erzählt. Sie ist in tiefer Freundschaft mit den Donnerwesen verbunden. Die Donnerwesen bringen den Regen im Frühjahr, der die Prärie ergrünen läßt und für die Fortdauer allen Lebens sorgt. Wenn die Bullschlange nach dem Winter aus ihrer Höhle kriecht, ist dies für uns Menschen ein Zeichen, daß der Frühling naht und Regen bringt. Manchmal wird auch der Bär an mir vorüberwandern. Auch von ihm hast du erzählt, denn er ist einer unserer Ahnen und hat die Menschen alles über die Pflanzen und Kräuter gelehrt. Und Coyote wird kommen. Er ist so weise und schlau und kann vielen gefährlichen Situationen entkommen, die für andere Wesen tödlich wären. Er weiß immer einen Ausweg. Und ich erinnere mich genau daran, wie du, Großmutter, mir erzähltest, daß Coyote das einzige Wesen war, das sich nicht von Unktomi, dem Spinnenmann, narren ließ. Der Spinnenmann ist einer unserer Ahnen, der in einer fernen Vergangenheit lebte, als die Menschen noch lernten, wie sie zu leben hatten. So wußte der Spinnenmann nicht, daß er für seinen Lebensunterhalt arbeiten mußte. Weil er aber nicht jagte und arbeitete, war er immer hungrig und zog umher, um andere zu belügen und zu betrügen. Niemals aber gelang es ihm, Coyote zu narren. Wie glücklich werde ich deshalb sein, wenn Coyote bei mir sitzt. Ich werde hier wachen über alle Wesen, die für unser Leben als Menschen bedeutsam sind und denen unser Respekt gebührt. Jeder Mensch soll wissen, daß sie unser Dasein begleiten, solange es Leben auf der Erde gibt. Alle Wesen, die Lerchen, die Krähen, ja sogar die Elster, die immer so neugierig nachsieht, was wir Menschen machen, sie alle werden kommen und bei mir sitzen. Der Bison, der Hirsch und die Antilopen. Alle Wesen, deren Bestimmung es ist, hier im Grasland zu leben. Ich werde immer bei ihnen sein, dies ist meine Bestimmung, und so möchte ich sein. Du aber, Großmutter, sollst allen von mir und meiner Verwandlung erzählen, so daß jeder weiß, daß er das Leben hier auf der Prärie zu achten und zu würdigen hat.«

Die Großmutter bangte um ihre Enkelin. »Mein Kind, wir werden dich ins Dorf zurückbringen und nach einem Heiler suchen, um deine Versteinerung rückgängig zu machen.«

Die Frau aber entgegnete: »Nein, es geschieht nur, was ich will.«

Als die anderen Dorfbewohner herangekommen waren, sprach sie weiter.
»Ich verwandele mich in Stein, denn ich möchte nahe bei allen Wesen sein, die hier draußen leben. Vor meiner Verwandlung möchte ich aber euch alle etwas wissen lassen. Ich bin hier draußen, um euch zu helfen. Wer immer es auch sei, der Sorgen hat, betrübt oder bedürftig ist, der soll mir ein Blatt oder einen Zweig von einem Baum bringen oder aber eine Wurzel und sie hier niederlegen. Dann wird es mir möglich sein, ihm zu helfen.«
Nachdem sie so gesprochen hatte, versteinerte ihr ganzer Körper.
Dies ist die Geschichte von der Frau, die sich in Stein verwandelte. Die Dakota aber wissen von vier Steinfrauen. Eine ruht auf dem Halbholzberg, eine zweite bei Fort Yates, und nach ihr wurde die Reservation Stehender Fels benannt. Eine dritte sitzt bei Fort Ransom auf einem hohen Hügel. Die vierte schließlich ruht auf dem Herzberg am Geistsee.

Die Lerche und die Klapperschlange

Einmal saß eine Lerche mit ihren Jungen, die gerade flügge geworden waren, in ihrem Nest, das im hohen Gras versteckt war. Es war ein warmer Sommertag, und alle dösten vor sich hin. Plötzlich bemerkte die Mutter, daß sich eine Klapperschlange um ihr Nest geringelt hatte, und sie wußte nur allzugut, was dies bedeutete. Sie würde, so dachte sie, den hungrigen Räuber ganz forsch begrüßen. »Guten Tag, mein kleiner Bruder, wie schön, daß du uns besuchen kommst.«
Erstaunt hörte die hungrige Klapperschlange die Lerchenmutter reden, und sie züngelte drohend. Aber der Vogel sprach scheinbar unbekümmert weiter in einladendem Ton. »Ich weiß wohl, was die Gastfreundschaft gebietet, und deshalb werde ich ein Mahl für dich zubereiten. Ja, ich will für dich kochen. Aber mein Topf ist zerbrochen, und so werde ich mir einen ausborgen müssen. Ich werde meinen Ältesten ausschicken, um den Topf zu besorgen.«
Flugs erhob sich einer der Jungvögel aus dem Nest in die Luft und entschwand. Nach einer Weile bemerkte die Lerche, daß sich die Schlange enger um das Nest ringelte.
»Ach«, sagte sie und wirkte ein wenig verlegen, »mein Ältester stellt sich immer ein wenig ungeschickt an und gehorcht auch nicht besonders gut. Vielleicht hat ihn etwas abgelenkt, denn er ist noch nicht mit dem Topf zurückgekehrt. Ich werde daher meine Zweitälteste ausschicken, sie ist findiger und auch ein besserer Flieger. Sie wird schon herausfinden, was mit dem Topf geschehen ist, den ihr Bruder ausborgen sollte.«
Wieder erhob sich ein Jungvogel und entschwand in die

Luft. Die hungrige Klapperschlange beruhigte sich ein wenig, doch als auch der zweite Vogel ausblieb, ringelte sie sich noch enger um das Nest herum.

»Wo die Kinder nur bleiben«, schien sich da die Lerche zu sorgen, »meine Zweitälteste ist noch nie so lange ausgeblieben und hat sich auch noch nie verflogen. So soll mein Drittgeschlüpfter nach seinen Geschwistern Ausschau halten. Vielleicht ist ihnen etwas zugestoßen. Die Welt von heute ist ja voller Gefahren.«

So entschwand der dritte Jungvogel, und die Klapperschlange zog sich ein wenig zurück, wurde aber bald wieder ungeduldig und ringelte sich nun ganz dicht um das Nest, denn nun waren schon drei der Jungvögel ausgeblieben.

»Du siehst, mein kleiner Bruder«, stöhnte die Lerche, »wie wenig Verlaß auf manche Kinder ist, und ich hoffe nur, daß dich nicht ähnliche Sorgen plagen. Wer weiß, was mit den Kleinen geschehen ist. Aber kein Besucher soll bei mir darben. Mein Jüngster hat schon oft bewiesen, welch guter Späher er ist. Er wird seine Geschwister sicherlich finden, und der Topf wird auch bald hier sein. Gedulde dich nur noch ein wenig, bald wirst du speisen.«

Nun flog auch der letzte Jungvogel auf und davon. Die Klapperschlange aber war unruhig geworden, und ihr Körper hatte das Nest nun fest umschlungen. Fast streifte ihre Zunge die Lerche, und ihre Augen starrten den Vogel fest an.

»Höre nur«, rief da die Lerche in höchster Not und tat so, als sei sie erleichtert, »höre nur, wie die Kinder zwitschern. Sie kehren zurück und werden sicherlich den Topf mitbringen. Ich fliege ihnen entgegen, um ihnen die schwere Last abzunehmen.«

Kaum aber hatte sie gesprochen, erhob sie sich in die Luft und war alsbald verschwunden. Da wußte die Klapperschlange, daß die Lerche sie genarrt hatte.

Als die Enten beim Tanz die Augen schlossen

Wieder einmal wanderte Unktomi, der Spinnenmann, hungrig und ziellos über die Prärie. An diesem Tag knurrte sein Magen besonders laut. Er konnte an nichts anderes denken, als so rasch wie möglich eine gute Mahlzeit zu finden. Niedergeschlagen und mit hängendem Kopf zog er umher, ging weiter und weiter und wurde immer hungriger. Plötzlich hörte er aus der Ferne Geräusche. Es klang wie ein glückliches und freudiges Lachen, und er hob den Kopf und dachte: »Woher kommen nur diese Stimmen? Und wer mag es sein, der so wonnetrunken lacht?« Als er noch einmal hinhörte, bemerkte er, daß das Lachen hinter dem kleinen Hügel erklang, vor dem er gerade stand. Behende, aber mit aller Vorsicht klomm er die Anhöhe hinauf, versteckte sich und blickte auf die andere Seite hinunter. Vor ihm befand sich ein großer Teich. Im Wasser schwammen viele verschiedene Enten, vor allem Stockenten, Ruderenten und sogar Schlammenten. Sie tauchten und tollten umher, das Wasser spritzte hoch auf, und wohlig scherzten sie miteinander und neckten sich. Unktomi, der Spinnenmann, zog sich ins hohe Gras zurück, und vor seinen Augen gab es nunmehr nur noch ein Bild. Er dachte an nichts anderes als an einen knusprigen, saftigen Entenbraten. So verbarg er sich noch tiefer im hohen Gras, denn er wollte um keinen Preis aufgespürt werden. Versonnen dachte er: »Oh, ein Entenbraten wäre gar zu köstlich, und hier könnte es sogar weitaus mehr als einer sein. Für heute wäre mein Hunger gestillt.« Langsam faßte er wieder klare Gedanken. »Wie nur«, so fragte er sich, »wie kann ich mög-

lichst viele von ihnen fangen?« Dann hatte er einen glänzenden Einfall.
Rasch sammelte er trockenes Gras, Zweige und Reiser, ordnete alles zu einem Haufen und wickelte ihn in seinen Umhang ein. Dann hängte er sich das Bündel auf seinen Rücken und ging um den Hügel herum. Er hielt geradewegs auf den Teich zu und stolzierte so langsam wie möglich am Ufer entlang, um sicherzugehen, daß er von allen Enten gesehen wurde. Trotz seines Hungers vermied er es, auch nur ein einziges Mal auf das Wasser zu starren, statt dessen blickte er wie in Gedanken versunken in die entgegengesetzte Richtung. So geschah denn auch genau das, was er beabsichtigt hatte. Eine der umhertollenden Enten blickte auf, sah ihn und rief: »Schaut doch nur, dort geht der Spinnenmann!« Gleich darauf johlte eine andere Ente: »Unktomi, Unktomi, wohin gehst du?« Und so fragte auch schon eine dritte Ente: »Sage uns, Spinnenmann, was du in deinem Bündel trägst.«
Aber Unktomi schien völlig unberührt von all diesen Fragen und würdigte die Enten weder mit Blicken noch mit einer Antwort. Doch die Enten waren neugierig und riefen nun laut im Chor: »Wohin gehst du, Spinnenmann, und was trägst du auf dem Rücken?«
Endlich blieb Unktomi stehen und sagte: »Ich bin in großer Eile, deshalb haltet mich bitte nicht auf. Ich werde mich verspäten, wenn ich länger mit euch spreche.«
Noch neugieriger geworden, fragten die Enten eindringlicher nach seinem Ziel.
»Ihr haltet mich von meiner Aufgabe ab«, erwiderte Unktomi und tat so, als sei er ein wenig verärgert. »Dort drüben hinter den Hügeln liegt ein Dorf, und man hat nach mir gesandt. Die Leute in diesem Dorf wollen eine Zeremonie begehen, und ich soll ihre Feierlichkeit mit meinen Liedern

begleiten. Deshalb bin ich in großer Eile, denn ich muß vor Beginn des Festes erscheinen.«
Unktomi tat so, als wolle er gleich weitergehen, zögerte dann aber noch einen Moment. »Ach ja«, sagte er langsam, »und in meinem Bündel sind all die Lieder, die ich singen will. Es ist das Bündel meines Gesangs, und ich trage ihn hinüber in das Dorf.«
Die Enten waren begeistert. »Unktomi«, rief eine von ihnen, »sing doch auch für uns. Deine Lieder sind so schön und erzählen alles von dieser Welt. Sing für uns, auch wenn es nur ein einziges kurzes Lied ist.«
»Aber ich habe euch doch schon gesagt«, erwiderte der Spinnenmann, »daß ich in großer Eile bin. Man erwartet mich in dem Dorf. Hier kann ich mich nicht aufhalten, nur um für euch zu singen.«
Doch die Enten ersuchten ihn immer eindringlicher und bedrängten ihn, denn sie wollten seine schöne Stimme hören. »Ach bitte, sing doch für uns, bevor du weiterziehst. Nur ein einziges kurzes, kleines Lied. Du wirst dich schon nicht verspäten, nur wegen solch einem Liedchen. Bitte, bitte sing für uns.«
»Ich werde mich verspäten.«
»Bestimmt nicht. Nur ein kleines Lied!«
»Nein!«
Die Enten hörten aber nicht auf mit ihren Bitten, und schließlich streifte Unktomi das Bündel von seinem Rücken und legte es auf die Erde.
»Einverstanden«, sagte er, »ich werde für euch singen, obwohl ich das Dorf sicherlich zu spät erreichen werde.« Er räusperte sich und fuhr listig fort: »Wenn ich dennoch für euch singe, müßt ihr aber genau tun, was ich euch sage.« Als wäre er geschmeichelt, strich er sich herablassend durchs Haar. »Ich werde also singen, aber ihr werdet zu meinem

Gesang tanzen! Und zum Tanz stellt ihr euch so auf, wie ich es euch nun sage.«

»Natürlich werden wir tanzen«, riefen die Enten einmütig wie aus einem Mund.

»Zum Tanz«, sprach Unktomi weiter, »werdet ihr eure Augen schließen! Ihr dürft sie auf keinen Fall öffnen, denn es wird ein besonderes Lied sein. Hört ihr? Ihr dürft eure Augen nicht öffnen! Und während ihr tanzt, laßt den Tanzruf erklingen, der für unsere alten Tänze bestimmt ist. Ruft unablässig und so laut, wie ihr nur könnt. Habt ihr alles verstanden, was ich euch sage?«

»Sicherlich«, antworteten die Enten, »wir werden uns genau an deine Anweisungen halten, denn wir wollen, daß du für uns singst. Wir werden uns von dir zum Tanz aufstellen lassen, die Augen schließen und mit aller Kraft den Tanzruf erklingen lassen.«

So begann Unktomi, die Enten zu ordnen. In der ersten Reihe standen all die schönen fetten Stockenten, in die zweite Reihe stellte er die Ruderenten, in der dritten Reihe befanden sich die anderen Enten. Ganz hinten aber standen die Schlammenten, deren Fleisch nicht besonders gut schmeckt. Dann wiederholte er noch einmal: »Wenn ich für euch singe, werdet ihr tanzen, und beim Tanzen laßt ihr den Ruf der alten Tänze erklingen, so laut wie ihr nur könnt. Eure Augen dürft ihr dabei jedoch nicht öffnen. Wer auch nur ein einziges Mal seine Lider hebt, dessen Augen werden sich auf ewig röten.«

»Wir tun alles, was du willst«, antworteten die Enten, »und wir werden alles genauso machen, wie du es möchtest.«

Der Spinnenmann war bekannt für seine wohlklingende Stimme, und nun beeilte er sich, die Bitte der Enten um ein Lied zu erfüllen. Die Worte seines Gesangs aber lauteten: »Tanzt mit geschlossenen Augen! Tanzt mit geschlossenen

Augen!« Kaum hatte er sein Lied begonnen, ließen die Enten ihre Tanzrufe ertönen. Ihr Rufen war so laut, daß neben ihren Stimmen nur noch der Gesang des Spinnenmanns zu hören war. Unktomi aber zog alsbald einen großen Stock hervor, den er in seinem Bündel versteckt hatte. Während er ohne Pause weitersang, schritt er die Reihen der Enten ab und begann, sie nacheinander zu erschlagen. Er war wie in einem Rausch. Zuerst tötete er fast alle der wohlschmeckenden Stockenten, dann die Ruderenten und die übrigen Vögel, bis er schließlich in der hinteren Reihe die faden Schlammenten erreichte. Unter diesen war aber ein Tier, dem das Geräusch des schlagenden Stocks aufgefallen war. »Was klingt hier nur so merkwürdig«, dachte diese Ente, »was geht hier vor?« Sie öffnete die Augen und sah mit Schrecken, wie der rasende Spinnenmann ihre Artgenossen tötete. Viele Tiere lagen bereits leblos am Ufer. Entsetzt schrie die Ente: »Seht doch nur her! Der Spinnenmann hat uns genarrt und will uns alle erschlagen!« Im gleichen Moment aber erfüllten sich die Worte von Unktomi. Die offenen Augen der Schlammente röteten sich, und seither sind die Augen aller Tiere ihrer Art rot geblieben.

Die noch lebenden Enten hörten den Warnruf. Sie flatterten auf und flogen eiligst davon, um sich in Sicherheit zu bringen. Unktomi aber sah ihnen nach und schüttelte den Kopf. »Es gibt doch immer jemanden, der alles verderben muß«, dachte er.

In seiner maßlosen Gier war es dem Spinnenmann gar nicht aufgefallen, daß er viel mehr Tiere getötet hatte, als er essen konnte. Glücklich über seine erfolgreiche List und das Ausmaß der Beute rupfte er die Vögel. Dann hob er eine große Grube aus für ein Erdfeuer. Nachdem die eingesammelten Gräser und Reiser niedergebrannt waren, legte er die eine Hälfte der Enten in die Glut und deckte sie mit Erde ab.

Darüber entfachte er ein zweites Feuer und briet die übrigen Enten am Spieß. »Ich werde heute nichts anderes mehr tun«, dachte er mit knurrendem Magen, »nur noch essen, essen, essen.«

Ganz in der Nähe standen dicht nebeneinander zwei Präriepappeln. Hier ließ sich Unktomi nieder und lehnte sich an einen der Stämme. Während der Braten garte, wollte er ruhen, um sich auszumalen, wie gut ihm seine üppige Mahlzeit wohl schmecken würde. Die beiden Bäume erwiesen sich jedoch bald als Störenfriede. Wann immer der Wind auch nur ein wenig blies, rieben die Äste aneinander und verursachten ein gräßliches Quietschen. Als eine heftige Böe in die Zweige fuhr, war ihr Geräusch so heftig, daß ihr Spektakel dem Spinnenmann unerträglich erschien. Unktomi besann sich auf eine Tugend der Dakota, die dort Wotha heißt und Schlichtung von Streit und Kampf bedeutet. Er sah hinauf in die Zweige und sagte: »Hört auf zu kämpfen, kleine Brüder.«

Mehr als mit Worten zu schlichten wollte er aber nicht, denn auf dem Feuer brieten die Enten und dufteten verführerisch. Doch wieder fuhr eine Böe in die Bäume, und das Geräusch der aneinander reibenden Äste war lauter als je zuvor. »Ich habe euch gesagt«, sprach Unktomi, »ihr sollt aufhören zu kämpfen. Euer Quietschen ist schrecklich. Wenn ihr euren Kampf nicht beendet, werde ich zu euch hinaufklettern und euch trennen.«

Aber der Wind blies weiter, und die Äste rieben aneinander und quietschten. »Das ist mehr als genug«, sagte der Spinnenmann schließlich, »jetzt komme ich herauf und beende euren Kampf.« Unktomi kletterte den Stamm hinauf in das Geäst. Da fuhr eine Böe so heftig in die Zweige, daß sich zwei Äste ineinander verkeilten und Unktomis Hand einklemmten. Der Spinnenmann war gefangen.

Unten auf dem Boden brieten die Enten und wurden immer brauner und knuspriger. »Ach, laßt mich doch gehen«, sagte Unktomi kläglich. Aber die Äste hielten ihn fest. »Ich bin so hungrig«, flehte er, »und dort unten braten die Enten und sind nun beinahe gar. Warum haltet ihr mich gefangen? So laßt mich doch los.« Aber der Wind hatte abgeflaut, und nichts rührte sich. Alles war still. Nicht der leiseste Hauch war zu spüren, und das Geäst bewegte sich nicht länger. So blieb er dort oben gefangen und beschwor die Bäume inständig, ihn freizulassen. Doch nichts geschah.

Plötzlich spazierte Coyote über den Hügel. Er blieb stehen, steckte die Schnauze in die Luft und schnüffelte. »Hier riecht es so gut. Es riecht, als würde jemand eine Mahlzeit zubereiten, einen Braten. Oh, es riecht wirklich gut.«

Als Coyote näher kam, erblickte er die gebratenen Enten am Spieß. »Da brät ja tatsächlich jemand Enten«, sagte er, »und wie viele es sind. Genau darauf habe ich Appetit.« Aus dem Baum heraus schrie der gefangene Spinnenmann: »Die Enten gehören mir. Traue dich nicht, auch nur einen Schritt näher zu kommen.«

Unktomi dachte überhaupt nicht daran, den Entenbraten mit jemandem zu teilen, obwohl es viel zuviel Fleisch für ihn allein war. »Sie gehören mir«, schrie er in seiner Gefräßigkeit, »und du wirst sie nicht anrühren, du Langnase, du Taugenichts, du Stinker. Bleib weg von meinen Enten, du Lump. Sie gehören alle mir.«

Aber Coyote tat so, als hörte er kein Wort. »Oh, wie schön schauen diese Enten aus. Sie sind gut gebraten, so braun und knusprig, gerade wie ich sie mag.« Mit der Miene eines Kenners machte er sich über den Braten her und verspeiste genüßlich eine Ente nach der anderen. »Das Fleisch ist wirklich lecker und schmeckt außerordentlich gut«, sagte er genießerisch.

Oben aus den Bäumen heraus zeterte der zornige Spinnenmann und beschimpfte Coyote, doch der schenkte ihm keine Beachtung. Er aß und aß und aß. Schließlich waren nur noch Knochen übrig. »Was für eine Mahlzeit«, schwärmte er.
Bei diesem Anblick hörte der Spinnenmann auf zu schimpfen und sagte nur noch halblaut: »Er wird doch nun hoffentlich nicht auch noch den Braten im Erdofen entdecken.«
Wieder tat Coyote so, als habe er kein Wort gehört. »Da hat doch jemand auch noch Enten im Erdofen gebraten«, bemerkte er und leckte sich mit der Zunge die Schnauze, »wie köstlich.« Bald waren auch von diesem Braten nur noch Knochen übrig. Zufrieden und gesättigt ging Coyote seiner Wege und verschwand im hohen Gras über den gleichen Hügel, von dem er gekommen war.
Unktomi war aber noch immer oben in den Bäumen gefangen. Erst nach einer ganzen Weile kam wieder Wind auf. Bei einer plötzlichen Böe gaben die Äste nach, und der Spinnenmann krachte mit einem lauten Schlag auf den Boden. Er rieb sich sein schmerzendes Gesäß und sah sich um. Doch alles, was er sehen konnte, waren Knochen, nichts als Knochen. Vor Wut weinend, setzte er sich neben die Feuerstelle. Doch dann wandelte sich seine Traurigkeit in ein heftiges Rachegefühl, und er beschloß: »Dieser Tunichtgut wird für seine Tat büßen und sterben, denn er hat nicht einmal eine einzige von meinen Enten übriggelassen. Ich werde ihn finden und stellen. Er wird mir nicht entkommen.«
So nahm er die Verfolgung auf und ging den Spuren nach, die Coyote im hohen Gras auf dem Hügel zurückgelassen hatte. Am Fuß der Erhebung hatte er ihn bald gefunden. Vollgefressen hatte sich Coyote ein Plätzchen für einen Verdauungsschlaf gesucht. Wohlig lag er im Gras und schnarchte leise vor sich hin. Unktomi aber sprang mit ei-

nem Satz auf ihn drauf und umklammerte Coyote, so fest er konnte. Dieser erwachte sofort und erkannte mit klarem Blick die Gefahr, die von dem zornigen Spinnenmann ausging.

Doch Coyote war ein scharfer und schneller Denker. »Ich muß etwas tun. Er wird mich in seiner Rachlust sicherlich töten wollen. Was soll geschehen«, fuhr es ihm durch den Kopf, aber schon hatte er eine rettende Idee. »Ich werde mich einfach totstellen.«

Er atmete kaum hörbar und versteifte seine Glieder. Tatsächlich ging seine List auf, und Unktomi hielt ihn für tot. »Wahrscheinlich hat er sich überfressen«, dachte er, »was soll ich nur mit dem Überbleibsel dieser schrecklichen Kreatur machen. Es sollte etwas sein, was mir nutzt.« Und er überlegte weiter: »Nun, ich werde ihn häuten und mir aus seinem Fell eine Weste machen. Sicherlich wird es eine schöne Weste sein, und vielleicht bleibt sogar noch ein Stück übrig für eine Kopfbedeckung.« Dann aber verwarf er diesen Gedanken. »Nein, ich werde mir aus seinem dichten Fell Beinkleider schneidern, die mich im kalten Winter wärmen. Ja, das werde ich tun.«

Da nahm der Spinnenmann den scheinbar toten Coyote, schulterte ihn und trug ihn zurück zur Feuerstelle, wo er ihn häuten wollte. Er hielt den bleiernen Körper an den Hinterfüßen fest, und der abwärts gerichtete Kopf schwang wie leblos hin und her. Coyote aber mußte lachen über Unktomis Dummheit, ihn auch noch zu tragen. Doch er durfte seine Verstellung nicht preisgeben, wenn er eine Chance haben wollte, der Rache des zornigen Spinnenmanns zu entkommen. So erschien in seinem Gesicht nur ein breites Grinsen, und dieses Grinsen ist allen Kojoten bis heute geblieben. Ein jedes dieser Tiere sieht aus, als wolle es alsbald anfangen zu lachen.

Unktomi aber dachte auf seinem Weg zur Feuerstelle weiter darüber nach, was er mit dem toten Coyote machen sollte. »Nein«, sagte er schließlich, »ein Kleidungsstück von diesem Tunichtgut wird mich nur an seine üble Tat erinnern. Ich werde ihn gänzlich vernichten und jegliche Erinnerung an ihn auslöschen. Sein Leichnam soll brennen.«
Rasch sammelte er Zweige und trockenes Gras und entzündete ein Feuer. Als die Flammen hoch aufloderten, warf er den scheinbar toten Körper hinein. Doch der gerade noch leblos wirkende Coyote sprang gleich wieder aus dem Feuer heraus. Er wirbelte die brennenden Zweige zu dem verdutzten Unktomi hinüber, und der Spinnenmann trug von seinem eigenen Feuer zahlreiche Wunden davon. Coyote aber verschwand im hohen Gras der Prärie. Seither aber sagen die Dakota über Leute, die so unüberlegt handeln wie die Enten: »Sie tanzen mit geschlossenen Augen.«

Wie Wolf, Schildkröte und Lerche ihre Gestalt annahmen

Vor langer Zeit lebte in einem Dorf ein Mann mit dem Namen Pia, der mit einer ausnehmend schönen Frau verheiratet war. Seine Frau war nicht nur liebreizend anzusehen, sie war auch mitfühlend und freundlich zu allen Menschen. Jedermann im Dorf mochte sie. Eines Tages erschien aber ein Unhold, der Pias Frau gefangennahm und sie an jenen fernen Ort verschleppte, wo er hauste. Pia war sehr traurig über den Verlust, und tiefer Kummer nagte in seiner Brust. Wehmütig ging er zum Erdhaus seiner Großmutter, um sich mit ihr zu beraten.

Die Großmutter war eine weise Frau, die viel von den Tieren, Vögeln, Bäumen und Kräutern wußte. Die Verbindung mit all diesen Wesen verlieh ihr Kraft und die Fähigkeit, verborgene Dinge zu sehen. Schon früh hatte sie ihr Wissen mit Pia geteilt und ihm zu Weisheit und Wissen verholfen.

Als er das Erdhaus der Großmutter erreichte, begrüßte sie ihn mit den Worten: »Ich wußte, du würdest kommen, denn du brauchst Hilfe, um deine geraubte Frau zu finden.«

»Es ist, wie du sagst, Großmutter«, antwortete Pia, »ich bin gekommen, um dich um Hilfe zu bitten.«

»Setz dich nieder und iß von dem Essen, das ich bereitet habe. Dann werden wir über deine Angelegenheit sprechen«, wies ihn die Großmutter an.

Sie aßen beide von dem Gericht, das die Großmutter auf der Feuerstelle bereithielt. Nach der Mahlzeit sagte die alte Frau: »Nun mußt du ruhen, mein Enkelsohn.«

Pia legte sich nieder, war bald eingeschlafen und schlief bis zum nächsten Morgen. Da sprach die Großmutter: »Enkel-

sohn, du sollst mir drei Tiere bringen, nämlich einen Wolf, eine Schildkröte und eine Lerche.«
So zog Pia hinaus in die Prärie und hatte bald einen Wolf aufgespürt. »Wolf«, sagte er, »ich brauche deine Hilfe. Folge meiner Einladung und komm ins Erdhaus meiner Großmutter.« Dann ging er hinunter zum Fluß, wo er eine Schildkröte sah: »Schildkröte, ich brauche deine Hilfe. Folge meiner Einladung ins Erdhaus meiner Großmutter.« Schließlich fand er in einem Baum auch eine Lerche. »Lerche«, sagte er, »ich habe mein Weib verloren, sie ist in der Gewalt eines Unholds, und ich brauche deine Hilfe, um sie zu finden. Komm mit mir ins Erdhaus meiner Großmutter.«
Die drei Tiere entgegneten: »Wir werden dir helfen, aber jeder von uns hat einen Wunsch. Wenn du einem jedem von uns seinen Wunsch erfüllst, werden wir dir helfen.«
Darauf sprach der Wolf: »Schau mich an, ich bin kahl, und ich wünsche mir nichts sehnlicher als einen schönen warmen Pelzmantel. Solch ein Fell wird mir helfen, dem Nordwind zu widerstehen, denn mir wird nicht länger kalt sein, und ich werde nicht mehr frieren.«
Dann sagte die Schildkröte: »Ich habe solch lange Beine und diese hochgezogenen Schultern. Ich wünsche mir einen harten Panzer, der meinen Körper bedeckt und der für Insekten undurchdringlich ist. Durch einen Panzer können sie nicht stechen und mein Blut saugen.«
Zuletzt sprach die Lerche: »Zwar kann ich sprechen, aber jeder weiß, daß ich nicht singen kann. Meine Stimme ist nicht geschaffen für Gesang. Wann immer ich versuche zu singen, lacht mich die Elster aus und beschämt mich. Deshalb hätte ich gern eine schöne Stimme, dann kann ich mit meinem Gesang die Elster beschämen.«
Pia antwortete den Tieren: »Wir werden im Erdhaus mei-

ner Großmutter sehen, wie es um eure Wünsche bestellt ist. Laßt uns nun gehen.«
Zu viert erreichten sie das Heim der Großmutter, die ihre Gäste wieder mit einer Mahlzeit bewirtete. Dann sagte die alte Frau: »Nun laßt uns sprechen und miteinander beraten.«
Jedes der Tiere trug der Großmutter seinen Wunsch vor und versicherte Bereitwilligkeit, Pia bei seiner Aufgabe zu unterstützen. Bald hatten sie sich geeinigt, und die Großmutter bekräftigte, daß alle Wünsche der Tiere erfüllt würden. »Jeder von euch hat eine besondere Fähigkeit, deren mein Enkel bedarf, wenn er seine Frau zurückholen will. Denn der Unhold hält sich fernab von hier in einer Gegend ohne Wasser verborgen, die einer Wüste gleicht.«
Dann richtete sie sich an den Wolf. »Mein Enkel braucht dein Geschick und deine Schläue im Aufspüren von Fährten und verborgenen Pfaden.«
»Ich werde sie mit ihm teilen«, erwiderte der Wolf, »wenn ich dafür nur meinen warmen Fellmantel bekomme. Dann werde ich deinem Enkel schon helfen.«
Anschließend sprach die Großmutter zur Schildkröte. »Mein Enkel bedarf deiner Fertigkeit, Wasser zu finden, jene verborgenen Quellen auf dieser Erde, so daß er in der Wüste nicht verdurstet.«
»Ja«, sagte die Schildkröte, »für einen Schild werde ich ihn gern auch an die unauffindbarste Quelle führen.«
Zuletzt wandte sich die Großmutter an die Lerche. »Von dir braucht mein Enkel das Vermögen, sich in der offenen Prärie zu verstecken und unauffindbar zu sein.«
»Für eine schöne Singstimme«, erklärte die Lerche, »werde ich deinen Enkel gern in dieser Fertigkeit unterweisen.«
Die vier besiegelten ihren Pakt und machten sich auf den Weg. Jeder von ihnen verfügte über besondere Gaben, und

zusammen waren sie stark genug, den Unhold in der Wüste aufzuspüren. Sie befreiten Pias Weib aus dem Versteck, machten den Unhold unschädlich und kehrten gemeinsam zurück zum Erdhaus der Großmutter.
Hier war die Freude groß, und die Großmutter hatte ein Fest vorbereitet. Alle jubelten, und jeder war glücklich. Pia freute sich über die Befreiung seiner Frau, der Wolf wußte, daß er einen warmen Fellmantel bekommen würde, die Schildkröte war sich eines Panzers gewiß, der die lästigen Insekten abhalten würde, und die Lerche erbaute sich an der Erwartung, nun bald singen zu können und nicht länger dem Spott der Elster ausgeliefert zu sein.
Am Ende des Festes erhielten alle ihre Gaben. Der Wolf schmiegte sich in sein üppiges Fell, die Schildkröte trug auf Rücken und Bauch einen Schildpanzer, mit dem sie grazil auf ihren langen Beinen umherstolzierte, und die Lerche besang ihr Glück über ihre neue Stimme. Die drei bedankten sich bei der Großmutter und verabschiedeten sich von Pia und seiner Frau. Gemeinsam verließen sie das Erdhaus und zogen hinaus in die Prärie.
Als sie durch das hohe Gras wanderten, sprachen sie darüber, welches Geschenk denn nun das bedeutendste sei, denn ein jeder von ihnen glaubte, seine Gabe wäre am ansehnlichsten und am vollkommensten. Bald wurde aus ihren Vergleichen ein heftiger Streit, und jeder behauptete, das sinnvollste Geschenk erhalten zu haben. Ihr Streit wurde immer heftiger, und mit lauten Stimmen spottete jeder über die Gaben der beiden anderen und verhöhnte sie. Gerade als ihr Streit in einen Kampf überging, erschien im hohen Gras ein Mann. Er blieb vor ihnen stehen und fragte: »Was treibt ihr hier? Was geht hier vor?«
Aufgeregt erzählten die drei Tiere von ihren Geschenken und daß jeder seine Gabe für die beste hielt.

Der Mann wiegte nachdenklich seinen Kopf hin und her. »Ich weiß nun wirklich nicht, wie ihr euren Streit schlichten könnt und welches Geschenk das beste ist. Aber ich schlage vor, daß ihr darüber in einem Wettkampf entscheidet.«
»Ein ausgezeichneter Plan«, stimmte der Wolf sofort zu, »wir sollten einen Jagdwettkampf durchführen.«
Aber die Schildkröte und die Lerche verwarfen sogleich diese Idee. »Ohne uns, wir können nicht jagen.«
Dann sagte die Schildkröte: »Wir sollten die Entscheidung in einem Schwimmwettkampf fällen.«
Doch Wolf und Lerche wandten ein: »Ohne uns, wir können nicht schwimmen.«
Schließlich zwitscherte die Lerche: »Dann laßt uns einen Singwettbewerb abhalten.«
Doch der Wolf und die Schildkröte entgegneten: »Ohne uns, wir können nicht singen.«
Da sprach der Mann: »Ich schlage euch einen Wettlauf vor, denn daran könnt ihr alle teilnehmen.« Er deutete mit dem Finger auf ein Gebüsch. »Ihr lauft dort hinüber zu dem Dickicht, wo die Präriepflaumen wachsen. Dann lauft ihr weiter und durchquert das Marschland, bis ihr die Spitze von jenem Hügel dort drüben erreicht. Oben auf dem Hügel findet ihr Lehm in verschiedenen Farben. Dahinter werde ich auf euch warten. Bringt mir einen weißen Lehmklumpen. Wer dies vermag und als erster bei mir eintrifft, soll der Gewinner des Rennens sein.«
Alle stimmten dem Vorschlag zu. »Ja«, sagten die drei Tiere, »wir werden um die Wette laufen.«
Zum Start scharten sie sich um den Mann. Aber bereits nach wenigen Schritten zeigte sich, daß der Wolf und die Schildkröte auf ihren langen Beinen sehr viel schneller waren als die Lerche. Sie stürmten los und hatten bald das Pflaumendickicht erreicht, während die Lerche nur mit kleinen Trip-

pelschritten vorwärts kam. Wolf und Schildkröte liefen geschwind um das dornige Dickicht herum und hatten es fast passiert, als sie in einem der Pflaumenbäumchen ein Bündel sahen.

Der Wolf dachte: »Das ist das merkwürdigste Bündel, das ich jemals gesehen habe.«

Er näherte sich dem Bäumchen, schnüffelte an dem Stamm und nahm einen Geruch wahr, den er noch nie zuvor gerochen hatte. Dann sprang er an dem Stamm hinauf und versuchte ins Geäst zu dem Bündel zu gelangen. Er sprang und sprang, aber all seine Versuche mißlangen, statt dessen ritzte einer der Dornen sein schönes, neues Fellkleid auf. Der Wolf aber achtete nicht darauf und dachte nur noch an das Bündel und seinen geheimnisvollen Inhalt. Wieder und wieder sprang der Wolf den Stamm hinauf und immer mehr Dornen verletzten seine Haut und machten sein Fellkleid unansehnlich.

Die Schildkröte betrachtete eine ganze Weile das Treiben des Wolfs und seine vergeblichen Versuche, den verborgenen Inhalt des Bündels zu erreichen. Schließlich sagte die Schildkröte: »Höre, Wolf, ich werde dort drüben im Marschland auf dich warten.«

Deutlich langsamer als zuvor ging nun die Schildkröte auf das Marschland zu. Der Wolf hatte sie kaum gehört, so heftig sprang er den Stamm empor, doch all seine Sprünge blieben vergeblich. Das Bündel gab sein Geheimnis nicht preis. Schließlich war der Wolf so ärgerlich, daß er mit einem riesigen Satz ein letztes Mal versuchte, nach oben ins Geäst zu gelangen. Tatsächlich erwischte er nun das Bündel mit der Schnauze, aber, ach, zahllose Dornen steckten in seiner Haut und rissen sie auf. Rasch sprang der Wolf mit dem Bündel auf den Boden und zerrte ungestüm an den Schnüren. Schließlich gelang es ihm, das Bündel zu öffnen, und er entdeckte einen merkwürdigen weißen Staub darin, der sich schnell in der Luft verteilte und bald auch all jene Stellen seiner Haut bedeckte, die von den Dornen des Pflaumenbäumchens aufgerissen waren. Sobald aber der Staub die offenen Wunden erreichte, begannen sie unerträglich zu jucken. Der Wolf kratzte und kratzte sich, bald hier, bald da, und er verletzte seine Haut nur noch mehr. Schließlich blutete er aus vielen Blessuren.

Inzwischen hatte die Schildkröte das Marschland erreicht und wartete auf den Wolf. Doch der kam nicht. So dachte die Schildkröte: »Er hat mich genarrt. Ich werde hinter den Hügel gehen, wo der Mann wartet.«

Nach einigen Schritten entdeckte sie plötzlich einen Pilz, der aussah wie ein weißer Ball. »Ha«, dachte die Schildkröte, »ich werde diesen Pilz nehmen und sagen, es sei ein weißer Lehmklumpen, dann brauche ich nicht auf den Hügel hinauf, und Eile ist nicht länger geboten.« So nahm sie den Pilz und ging langsam weiter.

Jetzt hatte auch die Lerche das Pflaumendickicht erreicht. Von hier aus sah sie, wie der Wolf seine offenen Wunden kratzte und wie sich die Schildkröte mit dem Pilz entfernte. So schnell sie konnte durchquerte die Lerche das Marschland und lief den Hügel hinauf.

Oben angekommen war sie schier verzweifelt. »Mir wird es kaum noch gelingen, das Rennen zu gewinnen. Die Schildkröte hat schon fast das Ziel erreicht, und der Wolf kann mühelos an mir vorbeieilen, wenn er nur erst wieder läuft.« In ihrer Niedergeschlagenheit und Mutlosigkeit achtete die Lerche nicht darauf, welche Farbe der Lehmklumpen hatte, den sie oben auf dem Hügel vom Boden nahm. Tränen rannen ihr übers Gesicht, und so sah sie nicht, daß sie einen gelben statt eines weißen Klumpens ergriffen hatte. Sie war so fahrig, daß sie den Klumpen gleich wieder fallen ließ, und

der Schmutz des Erdbodens färbte ihn schwarz. Schließlich nahm sie den Klumpen wieder auf und ging langsam weiter. Inzwischen war die Schildkröte mit ihrem Pilz bei dem Mann angekommen und sagte: »Sieh her, hier stehe ich als erster und habe das Rennen gewonnen.«
Doch der Mann antwortete nur: »Ja, ich sehe, daß du einen weißen Klumpen bei dir trägst.«
In diesem Augenblick erreichte auch der Wolf das Ziel. Er trug aber keinen Lehmklumpen bei sich und streckte sich nur weinend ins Gras, denn das Jucken der Wunden war unerträglich, und er wand sich vor Schmerz.
Stolz schüttelte die Schildkröte den Kopf über den gepeinigten Wolf und verhöhnte ihn. »Nichts auf dieser Erde könnte mich jemals so zum Weinen bringen. Schaut ihn euch nur an, diesen Wolf, wie er weint und doch so wütend ist, weil er das Ziel nicht als erster erreicht hat. Niemals würde ich so weinen.«
Endlich kam auch die Lerche mit ihrem schwarzen Lehmklumpen bei dem jungen Mann an. Sie war noch immer außer sich und schluchzte aus lauter Verzweiflung. »Ich habe das Wettrennen verloren.«
»Noch so ein schreiendes Kind«, sagte die Schildkröte, »nein, niemals würde ich so elendig heulen.«
Nichts konnte die Lerche beruhigen, sie weinte und weinte, und ihre Tränen tropften auf den Lehmklumpen, wo sie den schwarzen Schlamm abwuschen. Während allmählich der gelbe Lehm zum Vorschein kam, tropfte nun der schwarze Schlamm auf ihr Gefieder und färbte es ein.
Da wandte sich der junge Mann zuerst an die Schildkröte. »Du sagst, du würdest niemals Tränen vergießen?«
Er nahm den federleichten Pilz, den die Schildkröte gebracht hatte, und legte ihn auf ihren Rücken. Hier wurde er immer schwerer, und die Schildkröte beugte sich unter der

Last. Ihr Körper erschien nun ganz gebückt, die Beine krümmten sich und brachen in der Hüfte ein. Auch der schöne hohe Schildpanzer, der ihren Rücken zierte, wurde immer flacher.
Da brach die Schildkröte in Tränen aus und jammerte: »Ich sterbe, ich sterbe.« Der Pilz drückte so heftig auf ihren Rücken, daß sie das Bewußtsein verlor und ohnmächtig zu Boden sank. Da aber wurde der Pilz wieder leichter, bis er seine ursprüngliche Leichtigkeit erreichte. Die Schildkröte sollte sich aber niemals wieder aufrichten können, ihre Beine blieben kurz und krumm, und der Schildpanzer auf ihrem Rücken wirkte nur noch wie eine flache Erhebung. So nahm sie jene Gestalt an, die sie heute noch hat.
Nun ergriff der Mann das Wort. »Hört mich an, ihr Streithähne, und vernehmt, wer ich bin. Ich bin Unktomi, der Spinnenmann. Schon von weitem habe ich euren Streit gehört. Fast hättet ihr sogar miteinander gekämpft. Ihr wolltet kämpfen für nichts und wieder nichts und habt versäumt, eure Gaben zu bewundern. So habe ich beschlossen, euch eine Lektion zu erteilen.«
Der Spinnenmann wandte sich an den scheinbaren Sieger des Rennens. »Höre, Schildkröte, du wirst deinen harten Panzer behalten. Deine Beine aber sollen nie wieder gerade und lang werden. Du wirst immer klein bleiben. Und du wirst dich künftig unter deinem Panzer verkriechen aus Scham darüber, daß du in diesem Wettkampf betrügen wolltest. Anstelle eines Lehmklumpen hast du einen Pilz gebracht.«
»Du aber, Wolf«, sagte der Spinnenmann und wandte sich nun an den Zweiten des Rennens, »du und all deine Abkömmlinge werdet von nun an immer wieder an Hautjukken und Haarausfall leiden. Es soll die Strafe dafür sein, daß du dich um etwas gekümmert hast, das nicht deine Angele-

genheit war. Das Bündel hatte nichts mit dem Rennen zu tun. Wann immer du und deine Abkömmlinge die Nasen in fremde Dinge steckt, werdet ihr unter dieser Krankheit leiden.«

Dann aber sah der Spinnenmann zur traurigen Lerche hinüber. »Deine wunderschöne Stimme wirst du behalten, doch du und deine Abkömmlinge werdet als Erinnerung an diesen Tag von nun an ein gelbes Gefieder mit schwarzem Muster tragen, denn dir ist es nicht gelungen, Lehm mit der richtigen Farbe auszuwählen.«

Und nachdem er so gesprochen hatte, verschwand der Spinnenmann.

Wie das Pferd zu den Dakota kam

Vor langer Zeit wanderten zwei Jäger den Missouri entlang auf der Suche nach Wildtieren. Wie alle Dakota, die nahe am Flußufer lebten, verehrten die beiden Jäger den Missouri nicht nur, sondern sie fürchteten ihn auch, da sein Lauf unberechenbar war und sich häufig änderte. Den größten Schrecken verbreiteten jedoch die riesigen Strudel im Wasser, die sich unwillkürlich zu drehen begannen und alles, gleich ob Mensch oder Tier, in die Tiefe rissen. Wer in solch einen Strudel geriet, war unrettbar verloren.

Wie so oft im nördlichen Grasland änderte sich das Wetter auch an diesem Tag sehr plötzlich, und es erhob sich ein heftiges Gewitter. Wakinyan, die Donnerwesen, wüteten mit großer Gewalt. Unaufhörlich rollte der Donner über das weite Land, und die Blitze zuckten dicht hintereinander. Die beiden Jäger suchten Schutz, behielten aber den Fluß fest im Auge, denn hier begann sich unvermittelt ein großer Strudel zu drehen. Seine Strömung war noch viel stärker als an anderen Stellen im Wasser.

Eine Reihe von Blitzen schlug dicht bei den Jägern ein, doch der heftigste traf genau die Mitte des großen Strudels, und die Gischt des Wassers spritzte hoch auf. Kurz darauf schien es den Jägern, als drehe sich ein großer Körper im Strudel, der sich mit aller Kraft gegen den Sog stemmte. Dann war ein langgestreckter Kopf mit großen Nasenlöchern und langen Ohren zu erkennen. Laut schnaubend kämpfte sich die Gestalt aus dem Wasser heraus, und die Jäger sahen nun einen Körper, so groß wie der eines Wapitihirschs. Da hatte sich das Tier auch schon aus dem Sog be-

freit und schwamm herüber zu dem Flußufer, wo die Jäger Schutz gesucht hatten und sich versteckt hielten.
»Was mag das nur für ein Wesen sein«, fragte einer der Jäger.
»Nie zuvor haben wir ein solches Tier gesehen«, antwortete der andere, »es muß über besondere Kräfte verfügen, denn keinem anderen Tier würde es gelingen, sich aus solch einem starken Strudel zu befreien. Was wir hier sahen, kommt einem Wunder gleich. Wie mag dieses Wesen nur in den Fluß gelangt sein? Hat es der Blitz hineingeschleudert?«
»Niemand, mein Bruder«, entgegnete der erste Jäger, »vermag dies zu sagen.«
Sie ließen das seltsame Tier nicht aus den Augen und sahen, wie es sich trocken schüttelte und langsam auf einen Hain zutrabte, wo das Gras besonders grün und saftig war. Offenbar hatte es die Gefahr im Wasser wohlbehalten überstanden, denn bald begann es von dem Gras zu fressen, gerade so, wie es die Jäger vom Bison und den Hirschen kannten. Sie beobachteten das Tier noch eine Weile, dann gingen sie zurück in ihr Dorf.
Dort berichteten sie dem Rat von ihrem Erlebnis, und man beschloß, das Tier so lange wie möglich zu beobachten, falls es in der Nähe vom Dorf blieb. Tatsächlich wanderte das Tier nicht umher wie Hirsche oder der Bison, sondern es blieb stets nahe am Flußufer, wo das Gras besonders nahrhaft war. Doch immer wenn ihm ein Jäger zu nahe kam, rannte es schnaubend fort und ließ niemand in seine Nähe. So blieb das Tier eine ganze Weile in der Umgebung des Dorfs und während dieser Zeit schwoll sein Bauch immer mehr an. Eines Tages beobachteten die Jäger, wie es ein Junges gebar. Rasch war das Kleine auf den Beinen, und schon kurze Zeit später lief es neben seiner Mutter her. Aber es

verhielt sich genauso wie das Alttier, denn immer wenn sich ihm ein Mensch näherte, ergriff es die Flucht und rannte davon.
Das Junge wuchs rasch heran, und lange hatten die Jäger nun schon die beiden Tiere beobachtet und bemerkt, wie stattlich sie waren. Die beiden Langgesichter verhielten sich keineswegs wie zahme Tiere, aber sie waren auch nicht so wild wie der Bison und der Hirsch. Schließlich fragten sich die Menschen im Dorf, ob man die Tiere nicht zähmen konnte.
»Ich glaube«, sagte ein Jäger, »das Tier kam zu uns, damit wir etwas mit ihm tun. Schaut nur, wie stark es ist.«
»Vielleicht könnte es uns bei unseren Arbeiten helfen«, sagte ein anderer, »es ist so groß, daß es sogar Menschen auf seinem Rücken tragen könnte. Auch ist es viel kräftiger und größer als die Hunde, die jetzt die Tragegestelle für unsere Lasten durch das Grasland ziehen. Wenn wir mit diesem Tier zur Jagd zögen, könnten wir viel größere Mengen an Fleisch zu unseren Häusern bringen. Wie aber können wir es nur an uns gewöhnen?«
Einer der weisen Alten im Dorf hatte das Gespräch der Jäger gehört und erhob nun seine Stimme. »Wenn es gelingen soll, das Tier an uns Menschen zu gewöhnen, müssen wir ihm unsere Achtung und Ehrerbietung erweisen. Es muß sicher sein, daß wir es niemals schlecht behandeln und es niemals schlagen. Auch können wir nicht erzwingen, daß es uns behilflich ist. Wir sollten eine Zeremonie abhalten und Lieder für das Tier singen, so können wir sein Wesen erkunden.«
So geschah es. Einige Männer zogen sich in die Einsamkeit der umliegenden Berge zurück und baten die Kräfte der Schöpfung um Hilfe bei der Erkundung des Wesens von dem fremden Tier. In ihren Traumbildern erkannten sie

seine Bestimmung, dem Menschen zu dienen. Es würde große Lasten für sie ziehen und Jäger auf seinem Rücken reiten lassen, wenn sie zur Jagd auszogen. Einige besonders schnelle Tiere, die keine Furcht kannten, würden sogar bei der gefahrvollen Bisonjagd behilflich sein. Aber, so zeigten es die Traumgesichte, das fremde Tier wollte stets gut behandelt und mit besonderen Liedern geehrt werden.
Nun suchten die Jäger die besten Sänger im Dorf auf, die von neuen Liedern träumen konnten. »Hört uns an, Brüder«, sagten sie, »wir brauchen Lieder, die das fremde Tier zähmen, denn wir wollen ihm keine Gewalt antun und es nicht schlagen. Wir wollen ihm zeigen, daß wir ihm wohlgesonnen sind.«
Nach einer Weile hatten alle Sänger in ihren Träumen neue Lieder für das fremde Tier gehört und waren nun bereit, sie zu singen. Alle Jäger gingen hinunter zum Fluß, und hier erklangen zum ersten Mal jene Lieder, die das Pferd zähmten. Das fremde Tier kam mit seinem Jungen auf die Menschen zu und legte jede Scheu und Wildheit ab. Seither haben die Dakota Pferde.

Die Frau, die noch einmal lebte

Ein junges Paar war mit seinen beiden Kindern im Grasland unterwegs, um die Verwandten des Mannes zu besuchen, die in einem anderen Dorf lebten als die Familie der Frau, bei der sich das Paar angesiedelt hatte. Sie führten eines jener kleinen Tipi mit sich, die alle Dakota bei sich hatten, wenn man zur Jagd ausritt oder eine Reise antrat. Das kleine Zelt war schnell und einfach aufzubauen und bot den Reisenden Schutz in der Nacht. Es war schon später Nachmittag, und als die Familie einen geeigneten Platz sah, beschlossen die Eltern, hier die Nacht zu verbringen.

Gerade als sie ihr Tipi aufgestellt hatten, bemerkte die Frau ganz in der Nähe ein Gerüst. »Befindet sich dort drüben bei den Bäumen nicht ein Totengerüst«, fragte sie ein wenig ängstlich ihren Mann. Sie dachte daran, daß die Dakota die Umgebung solcher Gerüste gewöhnlich mieden. Allein die Angehörigen kamen gelegentlich an solche Orte, um der erdgebundenen Seele eines Verstorbenen kleine Speisen zu bringen. Oben auf dem Gerüst wurde der Leichnam der Verwesung preisgegeben. Wenn die Knochen zur Erde fielen, war es die Aufgabe von ausgewählten Männern in den Dörfern, sie aufzusammeln und in einem weiter entfernten Bestattungshügel zu begraben.

Der Ehemann sah hinüber zu dem Hain. »Oh«, antwortete er, »ich glaube nicht, daß dort ein frisch aufgebahrter Leichnam liegt. Das Gerüst mag wenigstens seit einigen Wochen, wenn nicht sogar schon Monate hier stehen. Du brauchst dich also nicht zu fürchten.«

Die Frau blieb aber ängstlich. »Ich mag nicht in der Nähe

von einem Totengerüst übernachten, der Ort scheint mir schlecht gewählt.«

Als aber in der Mitte des Tipi das Feuer brannte, das ihnen Licht und Wärme spendete, hatte sie sich bald beruhigt. Die Familie hatte sich gerade zum Schlaf niedergelegt, als ihr Hund zu bellen begann. Noch heute wissen viele Dakota das Bellen eines Hundes genau zu bestimmen. Manches Bellen klingt wie eine Antwort auf das Heulen von Kojoten, ein anderes wie eine Warnung für Nachttiere wie Waschbären oder Dachse, ein drittes wie eine Warnung für Menschen, die sich nähern, ein viertes Bellen ist grundlos, aber ein fünftes Bellen gilt jenen Verstorbenen, die als Geister wie große Wesen über dem Boden zu schweben scheinen.

Als der Hund nun zu bellen begann, mochte er sich selbst nicht sicher sein, ob es einem Menschen oder einem Geist galt. So begann sich die Frau wieder zu fürchten. »Dieses Bellen gilt weder Tieren noch Menschen, und es ist auch nicht grundlos. Das Tier bellt einen Geist an, aber es klingt merkwürdig. Vielleicht sind doch Menschen in der Nähe. Auf jeden Fall klingt es nicht gut.«

»Ach«, antwortete der Mann, »sicher bellt er ohne Grund. Beachte es einfach nicht.«

Da aber der Hund nicht aufhörte, anzuschlagen, ließ sich die Frau nicht beruhigen und beharrte darauf, das Bellen gelte entweder Menschen oder einem Geist. Plötzlich hörten sie Geräusche vor dem Tipi, und dann kratzte jemand an jenem Lederstück, das den Eingang verschloß.

Die Frau zitterte vor Angst, aber der Mann redete ihr gut zu. »Ängstige dich nicht. Ich werde nachsehen und herausfinden, wer oder was da draußen ist.«

Er lupfte das Lederstück ein wenig vom Boden hoch, und da sah er herrlich verzierte Mokassins, Beinkleider aus feinem Wildleder und die herabhängenden Fransen von ei-

nem Kleid. Die Ehefrau erschrak noch heftiger und verbarg sich hinten im Tipi. Der Mann aber rollte das Eingangsleder ganz auf, und vor ihm stand eine prächtig gekleidete Frau. Schnell schaute der Mann auf ihre Füße, denn wenn sie über dem Boden schwebten, so glaubte er, wäre es ein Geist. Aber beide Beine waren fest mit dem Erdboden verbunden.
Wie es die Gastfreundschaft verlangte, bat er die fremde Frau in das Tipi hinein, und im Widerschein des Feuers konnte er sich davon überzeugen, daß sich ein Mensch vor ihm befand. Nun stellte er ihr die üblichen Fragen. »Wer bist du? Woher kommst du?«
Aber sie deutete nur auf ihre Kehle. Das Paar betrachtete das Gesicht der Frau genauer und bemerkte, wie trocken und welk ihre Lippen waren. »Wir müssen ihr helfen«, sagte der Mann und untersuchte ihr Gesicht sorgfältiger. Als er durch ihre geöffneten Lippen hindurchsah, stellte er erschrocken fest, daß ihr Mund vollkommen ausgetrocknet und eingedorrt war. »Wir müssen ihr etwas Feuchtes einflößen, vielleicht eine warme Suppe oder etwas Öl, und ihre Kehle müssen wir mit flüssigem Fett ausspülen.«
Da die fremde Frau nur einfach dasaß und kein Wort sprach, verlor die Ehefrau ihre Furcht und trat an das Feuer, wo sie Fett und Wasser vermischte. Die ganze Nacht über flößte der Mann der Fremden immer wieder etwas von dieser Flüssigkeit ein, und schließlich kam ein erstes leises Grunzen aus ihrer Kehle.
So behandelte das Paar die fremde Frau zwei Tage und zwei Nächte, sie pflegten und umsorgten sie. Einmal, als die Fremde gerade schlief, bot sich dem Paar die Gelegenheit, die Kleidung der Fremden genauer zu betrachten. Sie war aus feinstem Wildleder gefertigt und reichlich verziert. Auch die Mokassins waren nicht nur mit den Borsten vom

Stachelschwein geschmückt, sondern auch mit Perlen übersät. Anders als sonst waren aber sogar die Sohlen mit Perlen bestickt, und so wußte das Paar, daß die Fremde jene Kleidung trug, in der man einen Leichnam aufzubahren pflegte. Als die Frau aus tiefem Schlaf erwachte, flößte das Paar ihr wieder einige Schlucke von dem Gemisch aus Fett und Wasser ein. Erneut richtete der Mann eine Frage an sie: »Woher kommst du?« Da deutete die Frau in die Richtung des Totengerüsts und war zum ersten Mal in der Lage, ein paar Worte zu stammeln.

Stündlich machte ihre Genesung nun Fortschritte, und bald konnte sie wieder richtig sprechen. Sie komme, so erklärte sie dem Paar, aus einem nahen Dorf. Dort war sie in eine plötzliche Ohnmacht gefallen und nicht mehr erwacht, konnte aber dennoch alles in ihrer Umgebung wahrnehmen. Alle hatten sie für tot gehalten, und so wurde sie in Totenkleidung mit großen Ehren aufgebahrt. Sie mußte schon eine ganze Weile auf dem Totengerüst gelegen haben, als sie endlich zu sich kam und zu neuem Leben erwachte. Ihr Körper aber war so ausgedorrt gewesen, daß sie sich nicht orientieren konnte. Über viele Tage hinweg hatte sie keinen einzigen Tropfen Wasser getrunken. Dann aber hatte das Paar ganz in ihrer Nähe das Tipi aufgeschlagen, und erst durch ihre Pflege hatte sie allmählich wieder klares Bewußtsein erlangt. Sie war nun bereit für die Rückkehr in ihr Dorf. Das Paar aber setzte seine Reise fort.

Es wird erzählt, daß die für tot gehaltene Frau noch viele Jahre in ihrem Dorf bei ihrer Familie gelebt hat.

Vom Spinnenmann und seiner Schwiegermutter

Bisweilen versuchte Unktomi, der Spinnenmann, wie andere Menschen zu leben. Er mochte nicht länger hungrig und ohne Ziel durch das Grasland wandern und strebte nach Tiwahe Yankapi, nach Heim und Familie. So hatte er eine Frau geheiratet und lebte mit ihr in einem Erdhaus. Nun ist es bei den Dakota Sitte, alle Schwestern der Mutter, also die Tanten, als Mutter anzusprechen und alle Brüder des Vaters, die Onkel, als Vater. Die Ehefrau des Spinnenmanns kam aus einer Familie, in welcher der Vater mit drei Frauen verheiratet war, und Unktomi hatte die Tochter der ältesten von ihnen geehelicht. Also nannte er alle drei Frauen Schwiegermutter. Die jüngste war noch in jungen Jahren und wunderschön. Bei den Dakota aber galt es als unsittsam, wenn Schwiegersöhne mit ihren Schwiegermüttern direkten Kontakt aufnahmen und miteinander sprachen. Ja, eine Schwiegermutter sollte ihren Schwiegersohn nicht einmal ansehen, und so mieden alle drei Schwiegermütter den Spinnenmann, blickten ihn nicht an und sprachen nicht mit ihm.

Aber Unktomi war der Spinnenmann und warf seiner jüngsten Schwiegermutter trotzdem begehrliche Blicke zu, wann immer sich dafür eine Gelegenheit bot. Es war ihm gleichgültig, daß er dadurch nicht als Tiwahe Anka, als ein rechtschaffener Ehemann, gelten würde. Immer häufiger wandten sich seine Blicke der schönen Frau zu, er wurde ungezügelter und war von Geilheit getrieben. Ich muß sie besitzen, war schließlich der einzige Gedanke, der ihn drängte, ich muß sie haben! Bald hatte er jegliche Achtung für seine Ehefrau und sein Heim verloren, und all sein Denken war allein vom Anblick der schönen Schwiegermutter bestimmt. »Ich muß sie haben! Ich muß auf eine List verfallen, sonst werde ich mich ihr niemals nähern können«, dachte er und sann angestrengt nach.

Schließlich hatte er einen Einfall. Durch seine Verheiratung hatte er einen verantwortlichen Rang in seinem Klan eingenommen und wurde zu den Zusammenkünften bestellt. »Ich werde vortäuschen, ich müsse zu einer der Ratsversammlungen gehen, und werde sagen, man habe nach mir geschickt«, dachte er und freute sich über seine List.

Also gab er vor, an einer Zusammenkunft teilzunehmen, und bei seiner Rückkehr tat er sehr niedergeschlagen und traurig.

»Was ist mit dir, mein lieber Ehemann«, fragte ihn seine bedachtsame Frau, »warum bist du so traurig und besorgt?«

»Ach, mein Weib«, antwortete der Spinnenmann, »mein Klan hat eine schreckliche Weisung beschlossen.«

»Sprich«, entgegnete die Ehefrau, »und teile die Nachricht mit mir.«

»Weib, es ist so schrecklich, daß ich es dir nicht sagen mag. Ich möchte nicht darüber sprechen, denn es würde dich nur beunruhigen.«

»Aber du siehst so unglücklich aus, du mußt reden.«

»So sei es denn«, sagte Unktomi nach scheinbarem Zögern, »ich werde über die Angelegenheit sprechen, auch wenn es ein so schreckliches Vorhaben ist. Einer von meinem Klan hat vorgeschlagen, daß wir alle einen Zuya durchführen sollen, und sein Plan wurde angenommen. Wir sollen nach Westen ins Land der Crow gehen und Pferde rauben. Aber nicht nur allein wir Männer sollen ausziehen, nein, wir müssen in die Gefolgschaft auch unsere Schwiegermütter aufnehmen.«

»Spinnenmann«, erwiderte die Frau, »du weißt, wie alt und gebrechlich meine Mutter ist. Solch ein gefährliches Unterfangen würde sie nicht überstehen.«
»Ich weiß es ja«, stöhnte Unktomi wie unter einer großen Last, »und darum fühle ich mich so elend. Aber auf unserer Zusammenkunft wurde ausdrücklich nach den Schwiegermüttern verlangt.«
»Dann nimm doch meine zweite Mutter mit. Sie ist jünger und wäre vielleicht in der Lage, das Unterfangen durchzustehen.«
»Ich bin mir keineswegs sicher«, erwiderte Unktomi, »der Weg nach Westen ist mit großen Anstrengungen und Mühen verbunden. Dort in den Bergen sind wir vor keiner Gefahr gefeit, vielleicht treffen wir auf eine andere Gefolgschaft, die ebenfalls nach Pferden sucht, oder aber wir begegnen in den Kleinen Großhorn-Bergen auf so gefährliche Tiere wie Silberlöwen und Klapperschlangen. Stets ist es möglich, daß wir auf Unbill stoßen und Qualen erleiden.«
»Nun, ich habe noch eine dritte Mutter, und sie ist jung und kräftig genug, um allen Gefahren des Unterfangens zu trotzen. Wie wäre es mit ihr?«
Die Miene des Spinnenmannes hellte sich auf. »Das wäre famos, denn so könnte ich den Vorgaben der Ratsversammlung entsprechen. Sie ist wirklich jung und kräftig genug, um das Unterfangen durchzustehen.«
So ging die Frau also zu ihrer leiblichen Mutter und sagte: »Mein Ehemann muß einem ungewöhnlichen und schwierigem Gebot seines Klans folgen. Er wird nach Westen ziehen, um Pferde für unser Dorf zu rauben. Aber bei dem Vorhaben sollen die Schwiegermütter der Krieger dabeisein.«
»Meine Tochter«, erwiderte die Mutter, »ich bin zu alt für solch einen Raubzug. Ich kann meinen Schwiegersohn nicht begleiten.«

»Das weiß ich, meine Mutter«, entgegnete die Frau, »wir haben darüber gesprochen und befunden, meine jüngste Mutter sei für das Unternehmen am besten geeignet.«
So reifte die Entscheidung der Familie, und schließlich begann Unktomi mit den Vorbereitungen für die Wanderung. Bald war der Tag gekommen, an dem der Spinnenmann zusammen mit der schönen jungen Schwiegermutter das Dorf verließ, um nach Westen zu ziehen. Die Leute im Dorf aber wußten, wie es um Unktomi stand, denn er hatte seine Geilheit nicht verheimlichen können, und viele glaubten nicht an das Gebot seines Klans, von dem er gesprochen hatte. Sie sahen dem anrüchigen Paar mit Mißbilligung nach. »Schaut nur, schaut nur«, riefen sie einander zu, »dort geht der Spinnenmann, er läuft mit seiner jungen Schwiegermutter davon.« Und noch heute sagen die Dakota, wenn jemand eine unerhörte Tat begeht und gegen Sitte und Anstand verstößt: »Schaut nur, schaut nur!«
Die Zeit verging, und das Paar war deutlich länger aus, als der Raub von Pferden im Land der Crow zumeist dauerte. Wieder begannen die Leute im Dorf miteinander zu reden. »Es ist erstaunlich«, sagten sie, »wie lange der Spinnenmann und seine Schwiegermutter ausbleiben, sie sind noch immer nicht zurückgekehrt. Vielleicht ist ihr Versuch, Pferde zu rauben, gescheitert, und sie wurden getötet.«
Schließlich trat die Familie der verlassenen Ehefrau zusammen, und alle waren sich einig, daß sie sich neu verheiraten solle, da die Rückkehr des Spinnenmanns immer unwahrscheinlicher wurde. Ein anderer Ehemann war bald gefunden, welcher der Frau ein guter und fleißiger Lebensgefährte sein würde.
Vier Jahre waren vergangen, als plötzlich Unktomi und seine Schwiegermutter im Erdhaus der Familie erschienen. Mit dem Paar kamen sieben kleine Kinder, mehr also, als die

Schwiegermutter in der verstrichenen Zeit hätte gebären können. Aber all diese Kinder sahen ungesund und ungepflegt aus, dünn, vernachlässigt und verwahrlost. »Nun«, grinste Unktomi, »wir haben die Kleinen unterwegs gefunden, sie sind einfach mit uns gelaufen, und so haben wir sie mit hierher gebracht.«

Niemand glaubte ihm. »Ja«, fuhr er fort und blickte auf seine Schwiegermutter, »sie nennen mich Vater, und diese Frau dort nennen sie Mutter. Es sind aber wirklich nicht unsere eigenen Kinder, wirklich nicht.«

Nähert sich seither ein Mann mit begehrlichem Blick seiner Schwiegermutter, so begegnet man ihm bei den Dakota mit der Redensart: »Du benimmst dich geradewegs wie der Spinnenmann, der mit seiner Schwiegermutter auszog und mit vielen kleinen Kindern zurückkehrte.« Bekennt sich aber ein Mann nicht zu seiner Vaterschaft, so heißt es: »Er ist wie Unktomi, der Spinnenmann.«

Der Fortgang der Geschichte wird nicht erzählt. Von Unktomi ist aber anzunehmen, daß er bald wieder an einem anderen Ort sein würde, vielleicht mit einer anderen Frau, doch noch wahrscheinlicher ist es, daß er wieder hungrig und ziellos durch das Grasland streift. Der schönen Schwiegermutter soll es aber nicht schwergefallen sein, einen neuen Gemahl zu finden.

Wie der Hirschberg seinen Namen erhielt

Vor langer Zeit lebten in einem Dorf die Menschen in Einklang und Zufriedenheit. Ihnen mangelte es an nichts. Vor jeder Jagd führten sie Zeremonien aus, um jene Tiere anzurufen, die sie zu jagen beabsichtigten. Sie baten darum, daß die Tiere den Menschen beistanden, indem sie ihnen ihr Fleisch überließen. Fast immer wurden ihre Bittgebete erhört, und die Jagd war erfolgreich. Also sangen die Jäger vor einer Bisonjagd ihre Lieder für dieses mächtige Tier und tanzten den Bisontanz. Bald hatten sie genügend Fleisch für das Dorf. Ähnlich war es bei der Hirschjagd, wenn sie zuvor die Hirschlieder sangen und den Hirschtanz tanzten.
Ohne ersichtlichen Grund konnten die Jäger jedoch plötzlich kein Wild mehr aufspüren, obwohl sie die Zeremonien mit aller Sorgfalt durchgeführt hatten. Das Wild blieb verschwunden, alle Tiere schienen in andere Gegenden abgewandert zu sein. Es gab keine Hirsche und Bisons mehr, und auch die Antilopen waren unauffindbar. Die Sorgen im Dorf wuchsen mit jedem Tag, denn die Zeit verging. Alle Vorräte waren aufgebraucht, und es gab nichts mehr zu essen. Zuerst wurden die Kinder immer dünner, dann wurden die Alten krank. Unentrinnbar schien das Dorf einer Katastrophe entgegenzugehen. Alles, was die Menschen an Eßbarem fanden, bekamen zuerst die Kinder. Die Frauen begannen Lederstücke auszukochen, an denen sie nach dem Gerben noch Reste von Fett und Hirnmasse fanden. Solche Suppen waren wenig nahrhaft, doch es war besser als nichts. So saßen sie Tag für Tag an ihren Feuerstellen, kochten Häute aus und verteilten die Suppe an die Kinder, um sie am Leben zu erhal-

ten. Schließlich aber gab es überhaupt nichts mehr. Die Kinder schrien, die Alten starben, und selbst erwachsene Männer und Frauen, die einen starken Körper hatten und sich gewöhnlich guter Gesundheit erfreuten, begannen zu leiden. Im Dorf lebte aber ein junger Jäger mit ausgezeichnetem Ruf, der stets eine der Jagdgesellschaften angeführt hatte. Im Augenblick der tiefsten Not entschloß er sich, den Gipfel eines nahen Berges zu erklimmen, um dort für das Wohl des Dorfes zu bitten. Seine Anrufung des Großen Geheimnisses der Schöpfung war lang und inständig. Er wandte sich an alle Wesen in der Natur, deren Dasein mit besonderen Gaben und Fähigkeiten verbunden ist. Ihnen erzählte er, wie sehr das Dorf litt und in welcher Not es sich befand. Ohne Nahrung, so sagte er, werden wir alle bald sterben.
Aber nach seiner Anrufung war ihm nicht leichter zumute, er war sogar noch trauriger geworden, wenn er an all das Leid und die Bedürftigkeit im Dorf dachte. Er war so traurig, daß sein Kopf niedergeschlagen auf seine Brust sank.
Da hörte er plötzlich hinter sich ein Geräusch. Er drehte sich um und sah einen Hirsch. Dem Tier schien es um nichts besser zu gehen als den Leuten im Dorf. Es war dünn und abgemagert, seine Rippen traten hervor, und es blickte ihn aus trüben und matten Augen an. »Ein Hirsch«, dachte der Jäger, »endlich ein Hirsch. Ich sollte ihn töten und das Tier ins Dorf tragen, auch wenn es nur ein Knochengestell ist. Aber wir könnten die Knochen auskochen und eine Suppe für die Kinder und die Alten bereiten.« So sann er eine Weile und betrachtete das Tier genauer. »Nein«, dachte er schließlich, »dieser Hirsch ist gerade so am Verhungern wie meine Leute zu Hause. Sicherlich ist er schon in jenem Dämmerzustand, in den Hungernde vor ihrem Ende fallen. Ich werde das Tier nicht töten. Wenn es seine Bestimmung ist, bald zu sterben, so soll dies ohne meine Mithilfe gesche-

hen. Ich will nicht noch mehr zu seinem Leid beitragen.« Obwohl er immer wieder die Hungernden in seinem Dorf vor Augen hatte, erlegte er das Tier nicht. Statt dessen wandte er sich von dem Hirsch ab und ging den Berg hinab ins Tal. Dort angekommen, war seine Überraschung groß, denn das ganze Tal war voller gutgenährter Hirsche, die dort friedlich grasten. Aber auch der hungernde Hirsch hatte sich dort eingefunden und schritt langsam auf den Jäger zu.

Als er dicht vor ihm stand, sagte er: »Wir, die Hirsche, haben gesehen, daß du für andere sorgst und dich um ihr Wohlergehen bemühst. Auch mit mir hattest du Mitleid, und du hast mich nicht erlegt, obwohl es in deiner Macht stand. Deshalb werden wir Hirsche dir helfen und unser Fleisch den Leuten in deinem Dorf als Nahrung bieten. Geh in dein Dorf zurück und sage den Jägern, sie sollen kommen und all die Hirsche in diesem Tal erlegen. Uns aber sollst du stets in Erinnerung behalten und nie vergessen, daß wir dich und die anderen Menschen im Dorf vor dem Hungertod bewahrten. Deshalb sollt ihr künftig bei euren Zeremonien einen besonderen Schmuck tragen. Die Männer sollen aus den Rippenknochen von erlegten Hirschen einen Brustschmuck zusammensetzen, den sie bei ihren Tänzen tragen. Die Frauen aber sollen aus den Rippenknochen eine Halskette fertigen, die bis zu ihren Fersen reicht. Beide Schmuckstücke sollen euch daran erinnern, wie einst meine Rippen hervortraten, als ich hungerte.« Dann verschwand der Hirsch. Der Mann aber ging zurück in sein Dorf und benachrichtigte die Jäger.

Seit dieser Zeit tragen die Männer bei ihren Zeremonien den Brustschmuck und die Frauen eine lange Halskette. Das Geschehen ist bis heute in Erinnerung geblieben. Der Berg aber, auf dem der Jäger die Schöpfung angerufen hat, heißt seither Hirschberg.

Der Raub der Pferde

Wieder einmal herrschte im Dorf Mangel an Pferden, und so war an diesem Tag die bunte Dosenschildkröte aus dem Fluß gekommen. Sie ging an den Erdhäusern vorbei und rief mit lauter Stimme: »Ich werde nach Westen ziehen, um Pferde von den Crow-Indianern zu rauben. Wer mitkommen will, möge jetzt hervortreten.« Jeder im Dorf hörte die Botschaft, und manch einer überlegte, ob er bei diesem gefahrvollen Unternehmen teilnehmen wolle. Aus einem Baum hüpfte zuerst jedoch nur das Eichhorn hervor und sagte: »Ja, ich werde mit dir ziehen und Pferde rauben.«

Zu zweit gingen sie durch das Dorf und verkündeten ihr Vorhaben. Als sie um eine Ecke bogen, stellte sich ihnen die Schnappschildkröte in den Weg und sagte: »Ich werde euch begleiten und auch in den Westen ziehen. Ich kann doch meinen kleinen Cousin, die bunte Dosenschildkröte, nicht allein gehen lassen, denn ich bin viel größer als er und glaube, daß ich viel ausrichten kann.«

Zu dritt zogen sie weiter und stimmten ein Lied an, um ihre Botschaft kundzutun und ihren Mut zu belegen. Zugleich würde, so wußten die Sänger, ihr Lied die Crow-Indianer beschämen. Sie sangen: »Wir ziehen nach Westen. Wir werden sehr viele Pferde zurückbringen. Crow-Leute, paßt auf eure Pferde auf, denn wir sind auf Pferderaub. Jeder, der bei unserem Unterfangen dabeisein will, kann uns begleiten.«

Immer lauter singend, kamen sie an einer Stelle vorbei, wo zuvor ein großes Feuer gebrannt hatte. Zurückgeblieben war ein Haufen Asche, die der Wind zu einer Kugel geformt hatte. Asche rollte umher, rollte hierhin und dorthin, und plötzlich hörte sie das Lied. Sogleich rollte sie auf die drei Sänger zu und sagte: »Ich werde mit euch kommen. Ich möchte die Berge im Westen sehen, von denen soviel erzählt wird. Dort möchte ich umherrollen, und deshalb schließe ich mich euch an.«

Zu viert gingen sie weiter singend im Dorf umher. Als die Libelle ihren Gesang hörte, stellte sie die Suche nach Mücken ein, flog heran und sagte: »Ich bin ein flinker Jäger und werde euch sicherlich nützlich sein. Auch ich möchte mit schönen Pferden aus dem Westen zurückkehren.«

Nun waren es bereits fünf, die in das Land der Crow ziehen wollten, und sie bildeten einen Kreis, wenn sie sangen. Da trat aus dem Abseits der Dachs an sie heran. Er war furchtbar anzusehen mit seinen langen Klauen und seinem schwarzweiß gestreiften Gesicht, das sehr bedrohlich wirkte. »Hört mich an«, sagte er mit brummiger Stimme, »ich bin ein großer Kämpfer und kann sehr unfreundlich sein. Ich möchte mit euch ziehen und werde die Crow in Angst und Schrecken versetzen.«

Niemand in der Gruppe zögerte. »Komm nur mit uns«, erwiderten sie, »wir werden dich sicherlich brauchen.«

Nun waren sie zu sechst, aber noch immer erschien der bunten Dosenschildkröte die Schar zu klein, um das gewagte Unterfangen erfolgreich zu bestehen. Deshalb sangen sie weiter ihr Lied mit voller Kraft, so laut sie konnten, und gingen im Dorf umher. Da flog die Biene vorbei und blickte sie gelangweilt an. »Ihr zieht also nach Westen, um Pferde zu rauben«, summte sie mit wachsendem Interesse, »wie großartig. Das wird sicher aufregend.« Und so gesellte sich die Biene zur Gefolgschaft.

Als sie weitergingen, erblickten sie eine kleine Gestalt, die oben auf dem Dach eines Erdhauses herumlümmelte. Es war die Elster, und sie fand sofort an dem Unterfangen Gefallen. »Natürlich komme auch ich mit nach Westen, denn ich weiß, daß ich dem Unternehmen dienlich sein kann. Stets weiß ich mehr als andere, und ich werde ein guter Kundschafter für euch sein. Ich werde immer ein wenig vor euch herfliegen, um dann zu berichten, was uns in der Ferne erwartet.« Nun gehörte auch die Elster zu jenen, die ins Land der Crow ziehen wollten.

Unablässig erklang der Gesang der Gefolgschaft. Da trat aus einem der Erdhäuser ein Hund, schnüffelte ein wenig an jedem herum und schloß sich ihnen an, ohne etwas zu sagen. Die bunte Dosenschildkröte wurde nun zuversichtlicher, denn eine so große Gruppe würde sicherlich erfolgreich sein, und so fügten sie ihrem Gesang eine weitere Strophe bei: »Nun sind wir bald bereit, um loszuziehen. Bald werden wir gehen.« Alle sangen, so laut sie konnten, und sie hatten den Rand des Dorfes erreicht, als plötzlich ein Kojote vor ihnen stand. »Oh, meine Brüder, ich sollte wirklich dabeisein. Eurem Unterfangen kann ich von großem Nutzen sein, denn ich kenne mich gut aus und komme überall durch. Wie wäre es, wenn ich in das Dorf der Crow ginge und dort die Pferde losbinden würde. Das könnte meine Aufgabe sein.« Jeder stimmte dem Kojoten zu, und so gehörte er zur Gefolgschaft.

Nun erschien allen der Verband groß und schlagkräftig genug, um aufzubrechen. Singend zogen sie aus dem Dorf hinaus und gingen in westlicher Richtung davon. Allen voran wanderte die bunte Dosenschildkröte und führte die Gefolgschaft an, begleitet von dem umherhüpfenden Eichhorn, dessen buschiger Schwanz beim Laufen auf und nieder wogte. Dann kam die Schnappschildkröte mit tapsigen Bewegungen, die sich eifrig bemühte, Schritt zu halten. Ihr hatte sich Asche angeschlossen, die kreuz und quer umherrollend dem Weg folgte. Auch die Libelle sah sich nach allen Richtungen um und schnappte im Vorbeiflug immer wieder nach Mücken. Dann kam der Dachs, der nicht nur mit seiner Größe jeden beeindruckte, sondern auch durch seine Bereitschaft, alles niederzutrampeln, was sich ihm in den Weg stellte. Dahinter summte die Biene, und die Elster zeigte stolz ihr glänzendes Gefieder. Schließlich folgte der Hund laut bellend, denn er wollte mit seiner Stimme jeden Angreifer abschrecken. Am Schluß der Gefolgschaft aber trabte der Kojote mit zügigem Schritt, der fortwährend mit wachem Blick nach allen Richtungen Ausschau hielt, während sein Gesicht wie stets aussah, als würde er lachen.

So folgten sie dem Weg nach Westen und sangen ihre Lieder, um jeden, der es hören wollte, von ihrem Plan zu unterrichten, aber auch, um sich selbst mutig und tapfer für das gefährliche Unternehmen zu stimmen. »Wir ziehen nach Westen. Wir werden sehr viele Pferde zurückbringen. Crow-Leute, paßt auf eure Pferde auf, denn wir sind auf Pferderaub. Wir sind mutig und tapfer und werden viele Pferde zurückbringen.«

So zogen sie durch das hohe Gras der Prärie, als sich nach einer Weile in der Ferne am Horizont ein Hain abzeichnete. Beim Näherkommen hatte das Eichhorn rasch entdeckt, daß dort Eichen standen.

»Nun, ich bin wirklich hungrig«, dachte das Eichhorn, »ich sollte rasch hinüberlaufen und nachschauen, ob dort ein paar Eicheln herabgefallen sind.« Schnell hüpfte es zu dem Hain, und wie schön, tatsächlich lag dort eine riesige Menge Eicheln auf dem Boden. Es nahm eine in den Mund, um ihren Geschmack zu probieren, und sie war köstlich. »Nie zuvor habe ich so gute Eicheln gefunden«, dachte das Eichhorn und begann zu schlemmen. Bald schwelgte es in höchstem Genuß und vergaß alles um sich herum. So kam es, daß

das Eichhorn nicht zu der Gefolgschaft zurückkehrte und statt dessen in dem Eichenhain blieb.
Einer der Ihren war also aus der Gruppe ausgeschieden, aber die anderen gingen weiter voran ins Land der Crow. Eines Tages erreichten sie einen Fluß. Der Wasserstand war sehr niedrig und das Ufer voller Schlamm. Einer nach dem anderen überquerte den Fluß und erreichte mühelos das andere Ufer. Doch als die Schnappschildkröte an der Reihe war, blieb sie mit ihren kurzen Beinen im Schlamm stecken. Und wie gut sich dieser Schlamm anfühlte – es war ihr Lebenselement, und dieser Schlamm war besonders fein und glitschig. Die Schnappschildkröte aalte sich darin und wand sich hin und her. Nein, sie würde diesen Ort nicht mehr verlassen, und sie beschloß, für immer hier zu bleiben. Wieder hatte die Gefolgschaft einen Gefährten verloren.
Am anderen Ufer setzen sie ihren Weg fort, der nach Westen führte. Bis dahin war das Wetter ruhig und sonnig gewesen. Dann aber kamen Wind und Wolken auf, und der Wind blies immer heftiger. Eine heftige Böe fuhr direkt in Asche hinein und zerstäubte sie in alle Himmelsrichtungen. Das kugelige, umherrollende Gebilde, das Asche einst war, gab es nicht mehr, sie war zu Staub zerfallen. So gehörte auch Asche nicht länger zu jenen, die Pferde für das Dorf beschaffen wollten.
Die Gruppe aber zog weiter durch die Prärie. Schließlich erreichten sie eine Stelle, wo sich ein Wirbelwind gebildet hatte, der langsam über den Boden strich und eine große Staubwolke mit sich führte. Plötzlich wurde dieser Wind schneller und schneller und hatte bald die Libelle erreicht. Das zarte Tier atmete den Staub ein und bekam einen heftigen Hustenanfall, der immer bedrohlicher wurde. Schließlich war der Husten so stark, daß die Libelle, geplagt von großen Schmerzen, mit einem lauten Keuchen und Rülpsen

all ihre Eingeweide erbrach. So starb die Libelle, und die Gefolgschaft war wieder um einen Gefährten kleiner geworden.
Als sie weiterzogen und einen guten Teil des Weges hinter sich gebracht hatten, entdeckte der Dachs eines Tages in der Nähe ihres Pfades ein großes Loch. Wie verzaubert blieb er davor stehen und dachte: »Dort gibt es bestimmt noch andere Dachse, denn nur wir Dachse können solch schöne Löcher graben. Es muß hier Verwandte von mir geben, und ich sollte nach ihnen sehen und sie grüßen.« Bald war er in dem Loch verschwunden, grub hier und da ein wenig mit seinen großen Krallen und hatte binnen kurzer Zeit eine stattliche Dachsfamilie gefunden, die ihn freundlich begrüßte und zum Bleiben einlud. Der Dachs konnte ihrem Angebot nicht widerstehen, und so richtete er sich in ihrem Erdloch häuslich ein und hatte bald die Gefolgschaft vergessen.
Die Gefährten aber zogen weiter und erreichten eine blühende Landschaft, in der herrlich bunte Blumen ganz dicht an ihrem Weg wuchsen. Im Wind bewegten sie sich hin und her, und sie wogten wie ein Blütenmeer. »Oh«, dachte die Biene, »hier gibt es sicherlich Nektar in Hülle und Fülle, und ich sollte nicht zögern, einmal nachzusehen.«
So flog sie zu den Blumen und verschwand geschwind in einem Blütenkelch. Und wirklich, hier gab es so reichlich Nektar, daß die Biene bald trunken vor Wonne war und beschloß, für immer in diesem Garten der Natur zu bleiben.
So blieben nur noch vier Gefährten übrig, die bunte Dosenschildkröte, die Elster, der Hund und der Kojote. Unverdrossen zogen sie weiter durch das Grasland und sangen ihre Lieder, um ihren Mut und ihre Tapferkeit zu rühmen.
Als sie ein weiteres Stück Wegs zurückgelegt hatten, hörten sie eines Tages in einiger Entfernung, wie Menschen miteinander redeten und dabei geschäftig das Dach eines kreisrun-

den Areals mit Zweigen bedeckten. Bald hatten sie ein Schattendach errichtet, unter dem sie sich niederließen, um eine ihrer Zeremonien durchzuführen. Da dachte die Elster: »Ich sollte mir das aus der Nähe anschauen. Wir sind hier in einer fremden Gegend, und ich möchte nur allzugern wissen, welche Zeremonien man hier hat. Ich liebe es, neue Festlichkeiten kennenzulernen, denn sie können von großem Nutzen sein.« So flog die Elster hinüber und ließ sich auf einem Zweig des Schattendachs nieder, von wo aus sie durch die Blätter hindurch die Menschen beobachten und das Geschehen verfolgen konnte. Tatsächlich fand hier eine Zeremonie statt, welche die Elster nie zuvor gesehen hatte. »Ich bleibe besser«, dachte sie, »und will genau beobachten, was dort geschieht. So werde ich neue Tänze lernen und kann die Menschen in unserem Land davon unterrichten, zu welchem Anlaß getanzt wird und welchen Nutzen man ihnen zuschreibt.« Also blieb die Elster zurück bei den Menschen, und auch sie hatte rasch die Gefolgschaft vergessen.

Nun verblieben der bunten Dosenschildkröte nur noch zwei Gefährten. Bei ihrem Weitermarsch durch das Grasland malte sich der Hund gerade aus, mit welchen Ehren er im Dorf empfangen würde, wenn er Pferde zurückbrächte, als er in einiger Entfernung eine große Meute anderer Hunde entdeckte. »Ich werde viele Pferde zurückbringen, nicht nur ein einziges«, dachte er, doch dann hielt er inne, »aber ich kann doch hier nicht vorüberlaufen, ohne meine Verwandten beschnüffelt zu haben.« Er lief hinüber zu der Meute, beschnüffelte einen Hund nach dem anderen und begrüßte sie. Oh, sie rochen so gut. »Nein«, dachte der Hund, »ich muß bei ihnen bleiben. Ich werde mich später aufmachen, um Pferde zu beschaffen.« So blieb der Hund zurück.

Nur noch aus zwei Gefährten bestehend, folgte die Gefolgschaft dem Weg ins Land der Crow. Sie gingen jeden Tag ein Stück weiter nach Westen. Einmal hörten sie vor sich großen Lärm, und kleine Pfade führten von ihrem Pfad ab ins hohe Gras hinein. Der Kojote ging als Kundschafter voraus. Zuerst hoffte er, daß er auf Menschen treffen würde, die ein Tier erlegt hatten, denn er würde sicher einen Teil der Innereien bekommen. Und tatsächlich, alles war vorbereitet, um ein Tier zu zerlegen. Dann aber sah er sich den Ort genauer an und entdeckte eine große Menge Mäuse, die auf dem Boden entlangliefen. »Hmm«, dachte er, »Mäuse! Meine Leibspeise!« Und er fing eine von ihnen, verspeiste sie, und sie war so schmackhaft, daß er mehr davon wollte. Er fing eine zweite und dachte: »Ich kann nun wirklich nicht von dem guten Essen hier lassen. Wahrscheinlich werde ich später auch noch ein paar Innereien bekommen.« Also blieb der Kojote an diesem Ort und kehrte nicht zurück zur bunten Dosenschildkröte.

Von allen Gefährten verlassen, ging die Schildkröte allein weiter nach Westen. Längst war ihr Gesang verstummt, und gar manches Mal wollte sie der Mut verlassen. Die Aufgabe schien für einen allein viel zu schwierig. Aber hatte sie nicht allen im Dorf verkündet, sie werde mit Pferden zurückkommen? Sie mußte ihrer Bestimmung folgen und wenigstens einige Pferde in das Dorf bringen.

So ging sie Tag für Tag weiter und erreichte schließlich die Ausläufer des Felsengebirges. Endlich machte sie auch ein Lager der Crow aus und schlich sich vorsichtig heran. Im Gras waren viele schöne Pferde angepflockt, und sie weideten ruhig und friedlich. Die Schildkröte war am Ziel des Unterfangens angekommen und dachte: »Es sind zu viele Tiere für einen einzelnen. Aber einige von ihnen werde ich mit in mein Dorf nehmen. Im Schutz der Dunkelheit werde ich sie losbinden und vor mir hertreiben.«

Nachts pirschte sie sich leise ins Lager und löste gerade ei-

nige der Pflöcke, an denen die Pferde festgebunden waren, als ein Wächter der Crow sie erspähte. Schnell hatte er die auf kurzen Beinen davoneilende Schildkröte eingeholt und nahm sie gefangen. Schlimmer noch, der Wächter rief die Leute aus dem Lager zusammen und beleidigte und verspottete den Dieb. »Nun schaut euch nur an, wer hier versucht, unsere Pferde zu stehlen. Schaut sie euch nur an, es ist diese komische kleine Schildkröte. Was glaubt sie wohl, wer sie ist? Wer um alles in der Welt glaubst du zu sein, daß du denkst, du könntest auch nur eines unserer Pferde stehlen? So ein kleiner Niemand wie du!«
Dann nahm er die Schildkröte, warf sie in eine Tasche und bewachte sie scharf bis zum Morgengrauen. An ein Entkommen war nicht zu denken. Am nächsten Morgen trat der Rat des Lagers zusammen. Der Wächter trat grimmig vor die Versammlung und präsentierte seine Beute. »Nun schaut sie euch ruhig an. Dieser kleine Tunichtgut hat tatsächlich all seinen Mut zusammengenommen und wollte unsere Pferde stehlen. Für uns aber ist es eine Beleidigung, wenn er glaubt, er könnte sich einfach unsere Pferde nehmen und käme ungeschoren davon.«
Die Versammlung nickte zustimmend. »Ja, Wächter, du hast recht, er hat uns beleidigt. Was sollen wir mit ihm machen, denn eines ist sicher, er muß bestraft werden, und er wird seiner Strafe nicht entgehen.«
Eine weitere Beratung schien unnötig. »Wir müssen ihn töten, und er wird auf eine Art und Weise sterben, die ihm viel Leid zufügt.«
Die Schildkröte stand nur da und schwieg.
»Sein Sterben«, sagte nun einer der Crow, »muß für ihn ebenso beleidigend und demütigend sein, wie es für uns der Raub unserer Pferde ist. Wie kann er uns nur so beleidigen? Wie also soll er sterben?«

Während die Versammelten noch miteinander sprachen, dachte die Schildkröte angestrengt nach und sann auf eine List. »Wie kann ich ihnen entkommen? Ich will noch nicht sterben.«

Schließlich wandte sie sich an die Versammelten und rief mit niedergedrückter Stimme: »Ihr könnt alles mit mir tun, und ich bin bereit, auf jede erdenkliche Weise zu sterben. Nur um eines möchte ich euch bitten – werft mich um nichts in dieser Welt ins Wasser und ertränkt mich. Es wäre zu schrecklich.«

Alsbald begann die Schildkröte zu weinen und jammerte vor sich hin: »Werft mich nicht ins Wasser, bitte, werft mich nicht ins Wasser.«

»Nun schaut euch nur diese kleine Schildkröte an«, sagten die Crow, »schaut, wieviel Furcht sie hat und wie sie vor lauter Angst zittert.«

»Mich kümmert es nicht, wie ihr mich tötet«, heulte die Schildkröte und weinte noch lauter, »für mich gibt es kein Entrinnen vor meiner Strafe. Aber für was auch immer ihr euch entscheiden werdet, werft mich nicht ins Wasser. Werft mich bloß nicht ins Wasser!«

Die Mitglieder des Rats sahen sich an. »Da scheint es ja wirklich etwas zu geben, was ihm große Furcht einflößt«, sagte einer, »sollten wir ihn also nicht gerade deshalb ins Wasser werfen?«

»Ja, so soll es sein«, stimmten die anderen zu, »werfen wir ihn ins Wasser.«

So begaben sich alle Versammelten an den Fluß, und der Wächter warf den Dieb in einem hohen Bogen ins Wasser. Die Schildkröte ging sofort unter, und es war, als sei sie in den Fluten ertrunken. Dann aber erschien sie wieder an der Oberfläche, stieß einen lauten Schrei aus und schwamm so schnell wie nur möglich davon.

»Es scheint, als habe er uns zum Narren gehalten«, sprachen die Crow untereinander, »aber wir haben ihm genügend Furcht eingeflößt, so daß er sich hier nicht mehr blikken lassen wird.« Bald sprach keiner mehr über den Dieb, und die Angelegenheit war schnell vergessen. Unbesorgt ließen die Crow ihre Pferde weiden. In einer der nächsten Nächte schlich sich aber die Dosenschildkröte wieder an, und dieses Mal war sie erfolgreich. Unentdeckt band sie einige Pferde los und entkam mit ihnen in die Prärie. Nach einer langen Wanderung traf sie endlich wieder in ihrem Dorf ein und zeigte allen Bewohnern stolz die neuen Pferde. Dann aber nahm sie ein ausgiebiges Bad im nahen Fluß.

So war eine große Gefolgschaft ausgezogen, um Pferde zu rauben, und sie fühlten sich für dieses Unterfangen zahlreich und stark genug. Doch nur einer von ihnen war erfolgreich und brachte neue Pferde. Bis heute aber sagen die Dakota über einen Menschen, der durch eine besondere List sein Ziel erreicht: »Er erinnert uns an die bunte Dosenschildkröte, die nicht ins Wasser wollte.«

Unktomi und die Wapitihirsche

Es war herrlicher Tag im späten Frühjahr. Die Sonne stand hoch am Himmel und schien auf das fette grüne Gras herab. Ein wunderschöner Tag für alle Wesen im Grasland, nur Unktomi, der Spinnenmann, fühlte sich schlecht und war mißgelaunt. Hungrig wie immer durchstreifte er die Prärie und hatte kein Ziel vor Augen. Mürrisch setzte er einen Fuß vor den anderen. So war er lange gelaufen, als er auf einem Hügel eine große Herde Wapitihirsche entdeckte, die dort grasten. Traumverloren sah er zu ihnen hinüber. »Diese großen Tiere führen ein gutes Leben«, dachte er, »ihr Fell glänzt im Sonnenschein, sie haben lange, wohlgeformte Beine und bewegen sich damit so eindrucksvoll. Auch haben sie ein prachtvolles Geweih, und es gibt reichlich für sie zu essen. Wäre es nicht erstrebenswert, zu leben wie sie? O ja, so sollte auch mein Leben sein.«
Während er am Fuß des Hügels vorüberging, wurde sein Wunsch, solch ein großer Hirsch zu sein, immer heftiger. Schließlich lief er hinauf zu den Tieren und sprach sie an. »Heraka, Wapitihirsche, ihr seid meine Brüder«, sagte er, »ich habe euch eine Weile beobachtet und gesehen, wie euer Wesen ist. Ich möchte einer von euch werden.«
»Nein«, antwortete einer der Wapiti, »ich glaube kaum, daß du so sein könntest wie wir. Wir müssen an so vieles denken, wenn wir unserem Wesen gerecht werden und für uns sorgen wollen.«
»O doch, »beharrte Unktomi, »sicherlich könnte ich einer von euch sein und für mich sorgen.«
»Nein, nein«, schüttelten nun auch die anderen Hirsche ihre Köpfe, aber der Spinnenmann ließ sich nicht abweisen

und blieb stehen, wo er war. »Doch, doch«, versuchte Unktomi sich zu behaupten, »sicherlich könnte ich ein Wapiti werden.«
Endlich gaben die riesigen Hirsche nach. »Wir werden ja sehen«, sagten sie, »ob du unsere Prüfung bestehst.«
Sofort begannen die Wapiti mit ihrem Test. »Schau uns nur genau an, Spinnenmann. Siehst du unsere Augen? Sie sind ganz groß und immer wachsam, stets halten wir Ausschau, denn wir müssen auf der Hut sein vor jenen, die uns jagen, und das sind vor allem Menschen. Betrachte aber auch unsere Ohren. Immerzu horchen wir, ob sich jemand durch das Gras, die Büsche oder durch die Bäume anschleicht, um uns zu töten. Viele Kreaturen wollen unser Fleisch, aber vor allem ist es der Mensch, der uns nachstellt. Deshalb müssen wir stets genau hinhören, ob eines dieser Wesen versucht, sich zu nähern. Und sieh dir schließlich unsere Nasen an. Wir können gut riechen. Wir riechen den Wolf, den Silberlöwen und unseren schlimmsten Feind, den Menschen, der uns mit Pfeil und Bogen nachstellt. Ja, wir haben gute Nasen.«
»Meine Sinne«, beteuerte Unktomi gelassen, »stehen den euren in nichts nach.«
Da nahmen die Hirsche den Spinnenmann in ihre Mitte und brachten ihn in ein weites Gelände, wo sie auf Dinge deuteten, die er erkennen sollte. Unktomi bestand die Prüfung hervorragend. Dann erprobten sie seine Ohren und seine Nase. Wieder konnte der Spinnenmann genau ausmachen, welche Wesen in den Bäumen raschelten und wer durch das Gras schlich. Selbst an ihrem Geruch konnte er alle Kreaturen erkennen. Da waren sich die Wapiti einig. »Spinnenmann, du hast die Prüfung bestanden und sollst nun ein Hirsch sein.«
So verging einige Zeit, aber rasch war Unktomi, der nun die

Gestalt eines Wapiti angenommen hatte, erneut unzufrieden. Es genügte ihm nicht, nur ein einfacher Hirsch zu sein, nein, er wollte der Anführer der Herde werden.
Wieder setzte er den Tieren zu. »Ihr habt nun gesehen, welch guter Wapiti ich bin, was ich alles sehe, rieche und höre. Seid versichert, daß ich mich bestens um euer Wohl und euren Schutz kümmere. Macht mich zu eurem Anführer.«
Die Hirsche wollten ihn aber zuerst wieder prüfen, und so wurde er zunächst nur ihr Anführer auf Probe. Bald sahen die Wapiti, wie ernst der Spinnenmann seine Aufgabe nahm. Wenn sie von einer Weide zur nächsten zogen, war er stets bemüht, die Herde beisammenzuhalten. Er schlug viele Bögen um sie herum und war bald an ihrer Spitze und dann wieder bei dem letzten Tier zu finden. Keiner der Hirsche scherte aus.
Die Wapiti steckten die Köpfe zusammen und hielten Rat. »Er bemüht sich sehr um uns und unsere Sicherheit. Niemals bleibt einer der Unseren zurück. Stets ist er um das Wohl der Herde besorgt.«
So wurde allmählich ihr Vertrauen in ihn größer. Eines Tages aber legte die Herde auf ihrer Wanderung eine Rast ein. Die Wapiti legten sich nieder ins Gras und ruhten, während Unktomi sich unter einen Baum setzte. Bald war auch er eingenickt. Plötzlich fiel ein Zweig auf den Spinnenmann herab.
»Seid wachsam, meine Brüder«, schrie Unktomi sogleich, »jemand hat mit einem Pfeil auf mich geschossen.«
Da rannten die Wapiti weg und brachten sich schnell in Sicherheit. Erst als die Tiere außer Sichtweite waren, sah Unktomi an sich herunter. Doch er fand nur den Zweig und keinen Pfeil.
»Alles ist wieder sicher, ihr könnt zurückkommen«, rief er

zu den Hirschen hinüber, »es war kein Pfeil, der auf mich geschossen wurde, sondern ein Zweig ist vom Baum herabgefallen und hat mich getroffen.«
Die Tiere aber wurden wieder argwöhnisch und mißtrauisch. »Ist er wirklich so wachsam, wie wir es sind? Wir haben gut geschlafen, aber wir waren sofort wach, als er Alarm gab und von einem Pfeil sprach.«
Bald nach diesem Vorfall zogen sie weiter und kamen in eine große Ebene, wo die Tiere grasen wollten. Während sie ruhig fraßen, zog der frühere Anführer Unktomi zur Seite. »Weißt du«, erzählte er dem Spinnenmann, »diese Zeit im Jahr ist nicht gut für uns. Unsere neuen Geweihe sind noch ganz weich, denn wir befinden uns im Bast. Deshalb müssen wir noch mehr auf der Hut sein als sonst. Sollten uns Wölfe angreifen, können wir nicht unser Geweih zur Verteidigung wie gewöhnlich einsetzen, denn es ist noch weich, und Flucht ist alles, was uns bleibt. Deshalb haben wir diese langen Beine, mit denen wir sehr schnell laufen können. Wir können in dieser Jahreszeit nur flüchten, nicht aber unsere Waffe gebrauchen.«
Schließlich legte sich die Herde wieder zur Ruhe, und auch Unktomi fand eine Prärieeiche, an deren Stamm er sich lehnte. Bald schlief auch er. Da aber fielen Eicheln auf ihn herab.
»Jemand wirft mit Steinen nach mir«, schrie er zu den Tieren, »rennt weg, so schnell ihr könnt.«
Wieder flüchteten die Wapiti, doch sie kamen bald zurück, nachdem der Spinnenmann entdeckt hatte, daß die vermeintlichen Steine nur ein paar Eicheln gewesen waren. »Wir können Unktomi nicht länger trauen«, flüsterten sie miteinander, »denn er ist weder so klug noch so wachsam, wie er sein sollte. Nun hat er uns schon zweimal falschen Alarm gegeben, und wir sind so schnell wie möglich wegge-

rannt, nur um herauszufinden, daß er sich irrte. Er hätte wissen müssen, daß es allein ein Zweig und ein paar Eicheln waren, die auf ihn herabfielen. Wir werden also wieder selbst auf uns achten, aber lassen wir ihn noch im Glauben, unser Anführer zu sein.«

Als sie den nächsten Platz zum Grasen entdeckt hatten, ruhten sie auch hier wieder, nachdem sie sich satt gefressen hatten. Doch hatten die Wapiti eine Verabredung getroffen. »Wir werden nur so tun, als schliefen wir. Tatsächlich aber bleiben wir wach.«

So geschah es. Allein Unktomi war in tiefen Schlaf gesunken, als eine Gefolgschaft von Jägern mit Pfeilen auf ihn schoß. Vor Schmerz schrie der Spinnenmann laut auf. »Ich wurde getroffen. Man hat mich mit einem Pfeil verwundet. Flüchtet, so schnell ihr könnt.«

Die Wapiti aber hatten die Menschen längst gewittert und waren geflüchtet. Als einziger war Unktomi zurückgeblieben, und so wurde er von einem Pfeilschuß verwundet, denn die Jäger glaubten, den Anführer der Hirsche vor sich zu sehen.

Hier endet die Geschichte. Aber wir alle kennen Unktomi, den Spinnenmann. Sicherlich gelang es ihm, den Jägern zu entkommen, und er wird eine Weile seine Wunde gepflegt haben. Seither aber wandert er wieder in menschlicher Gestalt hungrig und ziellos durch das Grasland.

Der blaue Reiher, der im Winter blieb

Anders als andere Wasservögel steht der blaue Reiher stets allein im Wasser. Er sucht diese Einsamkeit, seit er einmal einen Winter über im kalten Norden verbracht hat und dabei beinahe den Tod fand.

Nach einem langen, heißen Sommer war es Herbst geworden, und alle Vögel, die im Süden nach Wärme suchten, machten sich bereit für ihre Reise. Sie sprachen über den Weg, den sie nehmen wollten, und berieten über die besten Plätze im Grasland, von denen sie aufbrechen würden. In ihrer Mitte stand der blaue Reiher und blickte aufmerksam in die Runde. Jedem Vogel, der sich zu Wort meldete, hörte er genau zu. Schließlich trat er vor die Versammlung und verkündete selbstsicher: »Ich werde diesen Winter nicht nach Süden fliegen, ich bleibe hier und verbringe den Winter mit den Präriehühnern und allen anderen, die sich nicht auf die Reise begeben!«

Die Zugvögel, aber auch viele der Ausdauernden waren von seiner Entscheidung überrascht. Ein Zugvogel entgegnete dem kühnen Reiher: »Du weißt, daß wir niemals bleiben und den Winter ausharren. Niemand von uns vermag zu sagen, warum dies so ist, aber dennoch treten wir in jedem Herbst unsere Reise an. Wir sind wohl nicht geschaffen für den Winter.«

»Im nördlichen Grasland«, erklärte ein kleiner Zaunkönig, »sind die Winter sehr lang und sehr kalt. Schwere Schneestürme toben sich über dem Land aus und begraben es unter gewaltigen Schneemassen. Hinzu kommt ein eiskalter Wind, der ohne Pause weht. Und schließlich bedeckt Eis alle Seen, Teiche und Flüsse in einer solchen

Tiefe, daß kein Vogel mit seinem Schnabel ein Loch hineinhacken kann.«
Doch der blaue Reiher schüttelte seinen Kopf. »Es mag ja sein, daß es hier immer sehr viel schneit, aber schaut mich doch nur an. Ich habe diese herrlich langen Beine, und wenn ich damit durch Wasser laufen kann, so wird es mir auch im Schnee gelingen. Wenn ich mir den Zaunkönig so betrachte, dann sehe ich nur einen winzig kleinen Vogel. Doch selbst so ein Knirps übersteht den Winter und findet sich auch in verschneitem Land zurecht. Ihr seht also, meine Freunde, ich bin gut für den Winter gerüstet. Warum nur sollte ich mich auf die lange und anstrengende Reise in den Süden begeben?«
Einem Präriehuhn gefiel aber die Antwort des Reihers nicht. »Du solltest nicht bleiben! Auch für uns ist der Winter eine harte Zeit, die manch einer nicht übersteht. Zieh lieber mit den anderen Zugvögeln. Es ist ein wohlgemeinter Rat.«
Bald nach diesem Treffen versammelten sich die Zugvögel an ihren verschiedenen Startplätzen, erhoben sich in die Luft und flogen nach Süden. Alle begaben sich auf die Reise, auch Vögel wie Enten und Gänse, die ebenso wie der Reiher auf dem Wasser oder an seinen Ufern lebten. Nur die ausdauernden Vögel blieben zurück, und unter ihnen befand sich der Reiher, ganz so, wie er es angekündigt hatte. »Diese Zugvögel«, dachte er zufrieden, »sie sind schon seltsam. Sie verlassen das Grasland gerade jetzt, wo es in bunter Schönheit leuchtet. Die Blätter der Bäume haben herrliche Farben und sind gelb, rot und braun gefärbt. Nein, ich bereue meine Entscheidung nicht und frage mich, warum die anderen davongeflogen sind.«
Die Tage vergingen sehr angenehm, und er spazierte an den Ufern der Seen entlang, wo er reichlich Nahrung fand. Er fraß und fraß und war rundherum zufrieden. Dann aber kam

die Zeit nach der Wintersonnenwende, und damit begann jener kalte Monat, den die Menschen heute Januar nennen. Die Winde wurden immer kühler, und es schneite häufiger, doch noch hatte sich das Wasser nicht in Eis verwandelt, und der Reiher fand genügend Eßbares. Er suchte weiterhin Nahrung an den Ufern und im flachen Wasser und fand die Kälte noch erträglich. Plötzlich aber bliesen die eiskalten Winde aus dem Norden, und damit kam jener starke Schneefall, von dem die anderen Vögel gesprochen hatten. Schnell fror das Wasser zu Eis, das mit jedem Tag dicker wurde.

Längst konnte der blaue Reiher keine Nahrung mehr finden, und so versuchte er, mit seinem langen Schnabel das Eis zu brechen. Dabei verletzte er sich, und sein Blut hinterließ eine rote Spur im Schnee. Es war Februar geworden, der Monat, in dem weder Mensch noch Tier fließendes Wasser finden. Bisweilen schien jetzt sogar die Sonne wieder einmal, doch es blieb bitterkalt. Der Reiher fror erbärmlich, denn er gehörte zu den Zugvögeln, deren Federkleid nicht dichter wird im Winter wie bei den Ausdauernden. Halb erfroren und dem Hungertod nahe, durchstreifte er nun das Land, doch konnte er nichts Eßbares finden.

So kam er eines Tages an einem kleinen Hain vorbei, wo wilde Pflaumenbäumchen in einem Dickicht zusammenstanden. Zwar hatte der Schnee den Hain vollkommen eingehüllt, doch hörte der Reiher Stimmen, die in dem Dikkicht miteinander sprachen. Ermattet, doch mit gebotener Vorsicht ging er um den Hain herum und suchte einen Zugang. Schließlich fand er einen kleinen Pfad durch das Gezweig, der von Schneeverwehungen verschont geblieben war. Nun hörte er die Stimmen deutlicher. Er bückte sich und folgte dem Pfad, und bald stand er vor dem Winterhaus der Präriehühner.

Schon hatte ein Präriehuhn das erschöpfte Tier bemerkt. »Seht nur«, rief es, »vor unserem Haus steht der blaue Reiher. Bittet ihn herein und gewährt ihm Gastfreundschaft.«
Ein anderes Präriehuhn öffnete den Eingang. »Komm herein, lieber Freund, du bist zwar keiner von uns, aber du siehst so durchgefroren und hungrig aus, daß dir unser Mitgefühl sicher ist.«
In der Mitte des Raums brannte ein wärmendes Feuer, und der Reiher ließ sich dicht davor nieder. Es dauerte eine ganze Weile, bis er sich behaglicher fühlte, aber sein Stolz verbot es ihm, von seinem quälenden Hunger zu sprechen. »Niemals«, so dachte er, »werde ich meinen Fehler eingestehen.«
So blieb der blaue Reiher bei den Präriehühnern und wußte ihre Gastfreundschaft zu schätzen. Jeden Tag zogen die kleinen Vögel aus und suchten jene Nahrung, die sie im Winter finden, und ähnlich geschäftig ging auch der Reiher zu den Ufern der Seen. Aber das Eis war viel zu dick, als daß er es hätte brechen können, und so blieb er hungrig, während die Präriehühner genug zu fressen fanden. Seine Suche und seine Mühen waren vergeblich, und er magerte sichtbar ab.
Bald hatten die Präriehühner den Zustand des Reihers bemerkt und waren in tiefer Sorge. Einer der kleinen Vögel fragte ihn, ob er denn wirklich genügend Nahrung fände, so wie er es jeden Tag von neuem behauptete. Aber keiner der Vögel mochte ihm noch glauben, als sich seine Brustknochen immer deutlicher durch das matte Federkleid abzeichneten. Bald schon bewegte er sich nur noch taumelnd.
Als sich die Präriehühner eines Morgens von ihrem Lager erhoben, lag der Reiher bewegungslos auf der Seite. Sofort bemerkten sie, daß er in ernster Lebensgefahr schwebte. Eiligst beriefen sie einen Rat ein, denn der Reiher würde si-

cher sterben, wenn er nicht möglichst bald Nahrung zu sich nehmen konnte. Alle wußten, daß er seine Nahrung nur im Wasser fand und daß kein Vogel die dicke Eisschicht brechen konnte. Selbst größeren und schweren Tieren gelang dies nicht.

»Es bleibt uns nur eine einzige Möglichkeit, den armen Reiher zu retten«, folgerte ein Präriehuhn, »wir müssen Wedu, den Frühling, benachrichtigen. Wenn er bald kommt, ist das Leben des Reihers noch zu retten.«

»So brauchen wir einen Boten, der Wedu rasch genug aufspüren kann«, sagte ein zweites Präriehuhn.

»Ich schlage Coyote vor, denn er ist ein guter Fährtenleser«, meldete sich ein drittes. Aber der Vorschlag wurde verworfen. »Coyote ist viel zu langsam im hohen Schnee, und Wedu mag noch weit weg von hier sein.«

»Wie wäre es mit einem von uns«, fragte ein anderes Präriehuhn. »Nein«, erwiderten die anderen, »wir sind viel zu langsam. Wir brauchen einen schnellen Flieger, der hoch am Himmel weit ins Land spähen kann.«

So zog eine Gefolgschaft zu dem Zaunkönig und bat ihn, die schwierige Aufgabe zu übernehmen. Der Zaunkönig willigte ein und begab sich sofort auf die Suche.

Einige Tage vergingen, und der Reiher wurde noch schwächer. Dann aber kehrte der Zaunkönig zurück. Er sang ein Lied, und es klang, als wolle er sagen: »Er ist da! Er ist da! Er ist da!« Er hatte den Frühling gefunden, und noch heute klingt sein Ruf wie »Er ist da!«

Schnell hatte Wedu Eis und Schnee geschmolzen, und die Präriehühner trugen den Reiher zum Ufer eines nahen Sees, wo er mit letzter Kraft endlich wieder Nahrung fand.

Seither aber steht der Reiher immer allein im Wasser und fliegt auch allein in den Süden. Nur die anderen Zugvögel fliegen in Schwärmen.

Die Erdbohnen der Mäuse

Im Frühling, Sommer und im Herbst bestellten die Dakota nicht nur ihre Gärten, sondern die Frauen zogen auch ins Grasland hinaus, um wildwachsende Wurzeln, Beeren, Früchte und Kräuter zu sammeln. Jede Pflanze hatte ihre eigene Zeit, in der die Früchte herangereift waren oder wenn Wurzeln und Blätter besonders gut schmeckten. So sammelten sie die Prärierettiche im Sommer, während der späte Herbst die Zeit der Erdbohnen war. Anders als rote Bohnen, die nur in Gärten gediehen, wurde die Erdbohne im Grasland geerntet. Oft sprachen die Frauen über das freundliche Wesen der Erde, denn sie kümmerte sich um die Menschen und versorgte sie mit Nahrung.

Nach Wurzeln gruben die Frauen gewöhnlich mit ihren Grabstöcken, doch bei der Erdbohne machten sie eine Ausnahme, denn sie ernteten die Frucht nicht von der Pflanze. Statt dessen gab es eine besondere Art von Mäusen, die unter der Erde lange Gänge zu den Pflanzen anlegten und Vorratsräume gruben, wo sie die Bohnen in großen Mengen lagerten. Von oben sahen diese unterirdischen Vorratsräume wie kleine, niedrige Erdhügel aus. Manch eine der Frauen verfügte über eine besondere Gabe, solche Vorratskammern aufzuspüren.

An diesem Tag war eine jener Frauen allein ausgezogen, um nach Erdbohnen zu suchen. Bald schon hatte sie mehrere Erdhügel entdeckt, die dicht beieinander lagen. Einer davon war besonders hoch, und die Frau war sehr erfreut über ihren Fund. »Es sind sicher viele Bohnen, und ich werde sie alle zurück ins Dorf tragen«, dachte sie, »wir werden im Winter genug zu essen haben und müssen nicht hungern.«

Um sicher zu sein, daß kein anderes Tier als die Maus den Hügel aufgeworfen hatte, steckte sie ihren Grabstock in die Erde. Befriedigt stellte sie fest, daß hier tatsächlich in einem Hohlraum Bohnen lagerten. Schnell breitete sie ihren Tragesack aus, räumte die Erde beiseite und hatte gerade eine Handvoll Bohnen ergriffen, als sie eine feine, aber zornige Stimme hörte.
»Diese Frau ist eine große Diebin, und sie liebt es, uns zu bestehlen.«
Erstaunt schaute sich die Frau nach allen Seiten um, aber niemand war zu sehen. Sie wartete noch eine Weile, aber es war nichts mehr zu hören. Alles blieb still. Als sie jedoch wieder nach den Bohnen griff, erhob sich sofort die Stimme.
»Kein Zweifel, diese Frau liebt das Stehlen, und sie ist eine große Diebin.«
Wieder schaute sie sich um, aber nun schien ihr, als wäre die Stimme von unten gekommen, und so schob sie die restliche Erde von den Bohnen, die nun ganz frei lagen. Und da sah sie auch schon eine Maus, die wie ein Wächter neben den Bohnen saß. Sie wurde sehr nachdenklich, denn sie war sicher, daß ihr die Maus eine bedeutsame Mitteilung hatte machen wollen, die unbedingt zu beachten war. Sie hörte auf zu graben und ging zurück in ihr Dorf. Dort rief sie jene Frauen zusammen, mit denen sie verwandt und befreundet war. Sie erzählte ihnen alles, was vorgefallen war, wie sie den hohen Hügel gefunden und wie sie ihren Grabstock in den Boden gerammt hatte.
»Zweimal hat die Maus zu mir gesprochen«, schloß sie ihre Schilderung, »und sie sagte, ich sei eine Diebin und liebe das Stehlen. Ich bin überzeugt, daß es eine jener Mäuse war, welche die Bohnen gesammelt haben.«
»Über lange Jahre hinweg haben wir nach den Vorräten der

Mäuse gegraben«, warf die ältere Schwester der Frau ein, »und es sind ihre Vorräte für den Winter.«
»Und wie oft haben wir ihnen alles weggenommen, ohne zu bedenken, daß die Mäuse die Sammler waren«, pflichtete die jüngere Schwester bei, »denn die Bohnen liefern uns eine gesunde Speise in einer Zeit, wenn es nichts zu sammeln gibt.«
»Ja, ihr sprecht recht«, stimmte die Vaterschwester zu, »wir haben die Bohnen gestohlen und die Mäuse in Nöte gebracht. Sie haben hart dafür gearbeitet, und wir müssen ihre Botschaft beachten, auch wenn es nur sehr kleine Tiere sind.«
»Denkt nur daran«, sagte nun die Tante, »wie tief sie ihre Gänge angelegt haben und wie oft sie darin hin- und herlaufen müssen, bis sie eine so große Menge Bohnen beisammenhaben.«
»Wenn wir etwas von anderen Menschen brauchen«, grübelte eine Nachbarin, »so handeln wir mit ihnen. Erinnert euch an all die verschiedenen Orte, die wir besuchen, um dort Handel zu treiben. Wir nehmen uns, was wir brauchen, und geben, was wir im Überfluß haben, an dem es aber anderen Menschen mangelt.«
Diesen Gedanken fanden alle gut, und die Frau sagte: »Ja, warum sollten wir nicht auch mit den Mäusen handeln.«
»So laßt uns künftig stets etwas von unserem getrockneten Fett und ein wenig Mais mit uns führen«, ergänzte eine ihrer Schwestern, »wenn wir Bohnen von den Mäusen nehmen, lassen wir ihnen unsere Gaben zurück. Dann haben auch sie Vorräte für den Winter.«
Und so geschah es. Seither tragen die Frauen immer ein wenig Fett und einige Maiskörner bei sich, wenn sie in das Grasland ziehen, um nach Bohnen zu graben. Die Mäuse aber haben seither nie wieder zu den Frauen gesprochen.

Unktomi und seine Tochter

Immer schon wollte Unktomi sein wie alle Dakota. Er wollte mit einem Weib in einem Erdhaus leben, Kinder großziehen und den Tätigkeiten des Alltags nachgehen. Sein Heim und alles, was hier geschah, sollte nach jener Vorstellung ausgerichtet sein, welche die Dakota Tiwahe nennen. So hatte er also ein schönes und gutes Weib geheiratet, war in ihr Erdhaus gezogen und versuchte, nach den Tugenden der Dakota zu leben. Nach einiger Zeit gebar die Frau eine Tochter, und diese blühte zu einer schönen Jungfrau heran.

Als sie aber das heiratsfähige Alter erreicht hatte, betrachtete er sie immer häufiger mit begehrlichen Blicken. Unktomi, der Spinnenmann, war eben doch anders als ein gesitteter und ehrenhafter Dakota. Er war weder so geschäftig wie die anderen Männer, zog selten zur Jagd aus und erhob sich erst spät nach Sonnenaufgang von seiner Lagerstatt. So fand er hinreichend Zeit, seine Tochter bei ihren häuslichen Arbeiten zu beobachten und ihre Schönheit zu bewundern. Immer öfter dachte er daran, wie begehrenswert sie war. Schließlich verzehrte er sich vor Geilheit nach ihr und warf ihr lüsterne und gierige Blicke zu, die das Mädchen aber nicht bemerkte.

Doch war der Spinnenmann mit ihrer Mutter verheiratet und konnte diese Bindung nicht zugunsten seiner Tochter lösen, denn dann hätte er in Schimpf und Schande das Dorf verlassen müssen. Unktomi begann nun ernsthaft darüber nachzudenken, was zu tun sei, damit er dennoch sein Ziel erreichte. Einmal dachte er: »Wie wäre es, wenn ich mich totstellte, um dann als junger Mann wiedergeboren zu wer-

den. Dann könnte ich ins Dorf kommen und sie heiraten.« Sein Plan würde aber nur gelingen, wenn er sein Weib mit großer Schuld beladen konnte.
Immer häufiger hing er seiner Idee nach und saß ruhig und still in einer Ecke. Eines Tages sprach ihn seine Frau auf sein Verhalten an. »Was ist nur mit dir, Unktomi, du bist so ruhig und still geworden. Mir scheint, als säßest du immerfort herum und dächtest über etwas nach.«
»Nein, Weib«, erwiderte der Spinnenmann, »es ist nichts mit mir. Es geht mir gut.«
Aber nichts änderte sich. Unktomi wurde noch stiller und sprach kaum mehr ein Wort.
»Mann«, sagte die Frau schließlich, »da muß doch etwas in dir vorgehen. Was bewegt dich? Was ist nur geschehen?«
»Nun gut, Weib«, entgegnete Unktomi, »du sollst es erfahren. Du sollst von meiner schrecklichen Vision hören, die ich hatte. Ich wollte dir nichts davon erzählen, denn du bist so fleißig und tugendhaft. Jeden Tag gehst du deinen Verrichtungen nach und erledigst alles zum Besten. Und natürlich sammelst du auch unser Feuerholz, sammelst es ein und trägst es ins Haus. Nun aber höre von meiner Vision, denn du weißt, daß solche Traumgesichte sehr bedeutsam für uns Dakota sind. Ich sah, daß ich sterben würde, wenn du auch nur ein einziges Mal ein Stück von einer Präriepappel für unser Feuer nach Hause bringst. Hörst du, Weib, wenn das auch nur einmal geschieht, werde ich alsbald sterben.«
»Sorge dich nicht, Spinnenmann«, sagte die Frau, »ich werde künftig unser Feuerholz mit aller Umsicht auswählen. Niemals werde ich auch nur ein kleines Stück Holz von der Präriepappel bringen, denn ich möchte nicht, daß du stirbst.«
So verging eine ganze Weile, und alles schien wieder in der üblichen Weise vonstatten zu gehen. Stets achtete die Frau

darauf, kein Stück von der Präriepappel zu sammeln, und nie vergaß sie seine entsetzliche Enthüllung. Einmal aber hatte sie das Feuerholz in großer Eile sammeln müssen, und in dem Stapel, den sie nach Hause trug, befand sich ein kleiner Zweig von einer Präriepappel, der herausfiel, als sie ihre Last an der Feuerstelle ablegte. Sofort stand Unktomi neben ihr. »Nun ist das Schreckliche also geschehen. Warum nur hast du diesen Zweig von einer Präriepappel ins Haus gebracht? Ich werde bald sterben.«
Die Frau brach in Tränen aus. »Ich dachte, ich wäre so sorgfältig beim Holzsammeln«, sagte sie, »was kann ich jetzt tun?«
»Nichts, es gibt nichts zu tun. Es ist gerade so geschehen, wie ich es in meiner Vision vorausgesehen habe. Das Traumgesicht hat sich erfüllt, und ich werde bald sterben.«
Die Frau weinte herzerbarmend, wie ein Strom rannen die Tränen über ihre Wangen. Unktomi aber sagte nur: »Hör auf zu weinen, Weib. Was jetzt geschieht, ist vorbestimmt, und so soll es auch geschehen. Aber ich möchte mit dir über die Zeit nach meinem Tod sprechen.«
Er hielt einen Moment inne und fuhr dann fort: »Nachdem ich gestorben bin, wirst du meinen Leichnam mit einem Umhang bekleiden und meine Füße mit perlenbestickten Mokassins bekleiden, wie es bei uns üblich ist. Dann bettest du mich und alle Gaben auf ein Totengerüst, so wie es der Brauch der Dakota verlangt. Nahe an meinem Gesicht wirst du aber eine große hölzerne Schale voller Trockenfleisch stellen. Jene meiner beiden Seelen, die hier auf Erden verweilt, wird sehr hungrig sein. Vergiß nie meine Worte und bringe jeden dritten Tag eine neue Portion in einer großen Schale. Dann wird das Fleisch immer frisch sein, und meine Seele lebt in Zufriedenheit. Du wirst es gerade so tun, wie ich es gesagt habe.«

Wieder brach die Frau in Tränen aus. »Ich will tun, was du sagst. Ich fühle mich elend, denn du wirst durch meine Tat sterben. Ich bin es, die dich töten wird, und nichts kann deinen Tod verhindern.«

»Ja«, erwiderte Unktomi sanft, »ich werde bald sterben. Aber noch eines sollst du wissen. Es betrifft unseren Brauch des Trauerjahrs. Gewöhnlich schneiden sich die Trauernden die Haare ab und gedenken für ein Jahr des Verstorbenen. Mit unserer Tiwahe hat es aber eine andere Bewandtnis. Du und unsere Tochter werdet allein sein, und es steht euch eine harte Zeit bevor, denn weder ich noch du haben Verwandte, die euch Fleisch beschaffen und all die anderen Verrichtungen erledigen können, die den Ehemännern obliegen. Du wirst also den ersten Mann, der sich zeigt und um die Verheiratung mit unserer Tochter bittet, nicht abweisen, nur weil ihr noch im Trauerjahr seid. Du wirst seinen Wünschen folgen und die Ehe gutheißen, selbst wenn nicht einmal ein Mond vorüber sein sollte. Und deshalb wirst du nach meinem Ableben auch nicht das Haar unserer Tochter abschneiden, denn das wäre ein Zeichen, daß sie in Trauer ist, und ein Werbender würde es sich versagen, um sie zu bitten und Geschenke zu bringen. Also schneide ihr nicht das Haar.«

»Das aber wäre nicht sittsam und verstieße gegen den Brauch.«

»Nein, du wirst die Ehe gutheißen, denn eine harte Zeit liegt vor euch. Auch wäre dies alles nicht geschehen, wenn du nicht so unachtsam gewesen wärst und einen Zweig von der Präriepappel für unser Feuer gebracht hättest. Dann würde ich weiterleben.«

»Ich kenne meine Schuld und gestehe sie ein«, erwiderte die Frau mit gesenktem Kopf, »und deshalb werde ich alles befolgen, was du verlangst. Wer es auch immer sein mag,

der kommen wird, gleich zu welcher Zeit, und um die Verheiratung mit unserer Tochter bittet, ich werde der Vermählung meine Zustimmung nicht verweigern.«
Da sank Unktomi auf sein Lager nieder und erhob sich nicht mehr bis spät am nächsten Morgen.
»Oh«, klagte er, nachdem er aufgewacht war, »ich fühle mich so krank und elend. Mein Siechtum ist gekommen, und meine Vision wird sich nunmehr erfüllen.«
Seine Frau war in großer Sorge. »Ich könnte zu einem der Heiler gehen. Von ihm wirst du Hilfe erhalten.«
»Nein«, entgegnete Unktomi, »es ist gerade so, wie ich es in meiner Vision gesehen habe, und genauso soll es auch geschehen.«
Krank und matt lag er auf seinem Lager, und am Abend konnte er sich kaum noch erheben. Er jammerte und klagte die ganze Nacht von Schmerzen gepeinigt und trauerte mit seinem Weib über den nahen Tod. Am nächsten Morgen hauchte er schließlich den letzten Atem aus und war verschieden. Sein Weib aber brach in großes Wehklagen aus und hatte bald ihre Haare geschnitten. Doch folgte sie dem Wunsch von Unktomi und beließ die Haare ihrer Tochter. Dann bereitete sie alles für die Bestattung vor, kleidete den Leichnam an, und alle Leute im Dorf nahmen an der Zeremonie teil. Oben auf das Totengerüst stellte sie eine große hölzerne Schale mit frischem Trockenfleisch, ganz wie es der Verstorbene gewünscht hatte.
Nach drei Tagen ging sie zurück zu dem Totengerüst, kletterte hinauf und sah nach der Schale. Überrascht stellte sie fest, daß sie leer war. »Oh«, sagte sie zu sich selbst, »seine erdgebundene Seele wird sehr hungrig gewesen sein und eifrig an dem Fleisch gerochen haben, da sein Körper ja nichts mehr zu sich nehmen kann. Das Fleisch muß wohl den Vögeln gut gemundet haben. Die Gefiederten wurden

von dem Geruch angelockt und haben sich an der Speise gütlich getan.«
So vergingen drei Wochen. Jeden dritten Tag ging die Frau zum Totengerüst und füllte die Schale mit frischem Trokkenfleisch, denn immer war sie leer. Stets mühte sie sich, alle Wünsche des verstorbenen Spinnenmanns zu erfüllen.
Eines Tages stand sie vor ihrem Erdhaus und säuberte eine Haut, als sie einen jungen Mann bemerkte, der sich in einiger Entfernung aufhielt und zu ihr herüberstarrte. »Wer mag das nur sein«, dachte sie. Dann aber erinnerte sie sich daran, welches Versprechen sie ihrem Ehemann gegeben hatte. Tag für Tag stand dieser junge Mann in der Nähe, und schließlich sprach er sie an.
»Wie ich sehe, lebt ihr nur zu zweit in diesem Haus, du und deine Tochter.«
»So ist es«, antwortete sie, »hier leben nur meine Tochter und ich, denn mein Ehemann ist kürzlich verstorben. Es ist eine harte Zeit für uns, aber wir kommen schon zurecht.«
Ohne Umschweife erklärte sich nun der junge Mann. »Ich habe so oft deine Tochter und auch dich gesehen, und es scheint, als seid ihr eine tugendhafte Familie und eine sittsame Tiwahe. Ich möchte deine Tochter heiraten.«
Sofort kam der Frau der ausdrückliche Wunsch ihres Ehemanns in den Sinn. »So laß mich mit ihr sprechen«, erwiderte sie zögerlich.
Von nun an hielt sich der Mann stets in der Nähe des Erdhauses auf, kam manchmal herüber und half bei der Arbeit, oder er brachte ein Geschenk. So sah ihn schließlich auch das Mädchen. Trotz seiner höflichen Umgangsformen konnte es aber keinen Gefallen an ihm finden, und er war ihr sogar ein wenig widerwärtig.
Die Mutter hatte die Abneigung ihrer Tochter sofort bemerkt und offenbarte ihr den Willen des toten Vaters. Toch-

ter, der junge Mann wirbt um dich, und dein Vater hat mir aufgetragen, ich solle meine Einwilligung zu deiner Verheiratung nicht verweigern, auch wenn das Trauerjahr noch nicht vorüber ist. Selbst wenn nur wenige Wochen nach seinem Tod vergangen sein sollten, bat er mich, einer Heirat zuzustimmen.«

»Ach, Mutter«, entgegnete das Mädchen, »zwar ist Vater erst vor kurzer Zeit verstorben, doch haben uns seither immer wieder Männer im Dorf geholfen und uns mit Nahrung versorgt. Ich will noch nicht heiraten, und der junge Mann, der uns besucht, wirkt nur wenig anziehend auf mich.«

Aber die Mutter hielt an ihrem Versprechen fest. »Dein Vater sagte, ich solle einer Heirat zustimmen, sobald ein erster Freier erscheint. Ich werde dem jungen Mann sagen, daß er sich tagsüber bei uns aufhalten soll, dann kannst du dich an seine Erscheinung gewöhnen und auch daran, mit ihm zusammenzusein. Nach einer Weile wirst du kaum noch Einwände gegen eine Verheiratung haben.«

Als bald darauf der junge Mann wieder mit einem Geschenk erschien, lud ihn die Mutter ein. »Du kannst die Tage mit uns verbringen und auch in unserem Erdhaus mit uns essen. Meine Tochter ist noch sehr jung und hat noch nicht viel ans Heiraten gedacht. Sie wird sich aber bald an dich gewöhnen und du dich an uns, und so wird einer Vermählung nichts mehr im Wege stehen.«

Erfreut nahm der junge Mann die Einladung an. So vergingen einige Tage, und sie lebten tagsüber zu dritt in dem Erdhaus und gingen ihren Verrichtungen nach. Mehr und mehr schien es, als seien die beiden jungen Menschen ein Paar. Da nahm die Mutter ihre Tochter beiseite. »Höre, Tochter, bei einem verheirateten Paar ist es bei uns Dakota üblich, daß die Frau jeden Morgen die Haare ihres Mannes kämmt und umgekehrt der Mann die Haare seiner Frau.

Dazu benutzen wir diese Bürste aus dem Schwanz des Stachelschweins, die so wunderbar weiche Borsten hat und trotzdem das Haar so schön pflegt. Nimm also diese Bürste an dich. Von nun an wirst du jeden Morgen die Haare des jungen Mannes kämmen, und er wird die deinen damit bürsten, gerade so, wie ich es für deinen Vater tat.«
Als der junge Mann am nächsten Morgen im Erdhaus erschien, bat ihn das Mädchen, sich niederzusetzen, und sie löste seine Haare. Dann nahm sie die Bürste und kämmte ihn. Als sie aber sein Haar teilte, um Zöpfe zu flechten, bemerkte sie mit Schrecken, daß seine Kopfhaut von zahllosen Narben gezeichnet war. Unmerklich für den jungen Mann gab sie der Mutter ein Zeichen, herüberzukommen, dann teilte sie das Haar wieder, um es zu flechten. Die Mutter aber erstarrte, denn sie kannte die Narben nur allzugut. Jeden Morgen hatte sie diese Male gesehen, wenn sie das Haar ihres Ehemanns richtete. Da die Dakota nun aber glauben, Wiedergeborene trügen am Körper stets alle Male und Zeichen aus ihren vorangegangenen Leben, war sie sicher, daß niemand anders vor ihr sitzen konnte als ihr kürzlich verstorbener Gatte Unktomi, hier nun in Gestalt des jungen Mannes. Sofort verwandelte sich ihr Erschaudern in Zorn und Wut.
»Du Nichtsnutz, du bist kein guter Mensch«, schrie sie so laut, daß alle im Dorf sie hören mußten, »du hast deine eigene Tochter begehrt und wolltest dich sogar mit ihr vermählen. Du weißt, wie man bei uns Dakota über solch ein Verhalten denkt.«
Und sie griff hinter sich und zog ein großes Stück Holz hervor.
»Du hast nichts als den Tod verdient, und ich werde dich auf der Stelle töten.«
Aber der junge Mann war bereits aufgesprungen und hatte

die Flucht ergriffen. Wutentbrannt stob sie hinter ihm her und schlug ihn unentwegt mit dem Holz. Immer wieder traf sie ihn und verpaßte ihm heftige Schläge, die den Körper des Mannes erzittern ließen. Sie jagte ihn aus dem Erdhaus und trieb ihn durch das Dorf vor sich her. Aber es war ja der Spinnenmann, den sie verfolgte und schlug, und Unktomi sah nur noch eine Möglichkeit, ihren Hieben zu entkommen. Er verwandelte sich in eine Spinne und verschwand in einer Erdspalte. Im Dorf aber ward er nie mehr gesehen.

Wie das Hirschkalb ein geflecktes Fell bekam

Eine Hirschkuh hatte ein Kalb geboren. Die Mutter beleckte das Junge, das vor ihr im Gras lag, und schaute das Kleine voller Mitleid an. »Du bist ein so bedauernswertes Geschöpf, denn du kannst noch nicht schnell laufen und vor deinen Feinden fliehen. Du hast keine scharfen Zähne und weißt nicht, wie man kämpft und sich verteidigt. Wenn nun eine der großen Raubkatzen oder ein hungriger Wolf kommt und deinen Geruch aufnimmt, wird er geradewegs auf dich zulaufen, dich töten und auffressen. Und ich kann nichts dagegen unternehmen. Ebenso hilflos werde ich sein, wenn ein Jäger kommt, denn auch seine Pfeile können dich töten. Darüber bin ich sehr traurig, denn du wirst niemals zu einer stattlichen Hirschkuh heranblühen, die wieder ein Junges gebären wird, so daß das Volk der Hirsche eine gute Zukunft hat.«
Während die Hirschkuh noch traurig vor ihrem Neugeborenen stand, erhob sich plötzlich ein ungewöhnlicher Wind, der anders war als alle Winde, welche die Mutter kannte.
»Ist dies etwa das Große Geheimnis Wakan Tanka, das alles Dasein auf der Erde bestimmt«, dachte die Hirschkuh, »es kann so viele Gestalten annehmen und in vielerlei Formen erscheinen. Ich werde es anflehen und um Hilfe bitten.«
So wandte sich die Hirschkuh an das Große Geheimnis. »Hier siehst du mein Kind, wie es hilflos im Gras liegt. Es erregt mein Mitleid, denn es ist allen Kreaturen ausgeliefert, die es töten und auffressen wollen, aber auch jenen, die mit Pfeil und Bogen schießen. Wie leicht kann es von einem Pfeil getroffen werden. Es kann nicht einmal schnell laufen,

und das ist ja das einzige, was uns Hirschen übrigbleibt, wenn man uns verfolgt. Ich bin so traurig darüber, daß es bald sterben muß und niemals seinen Beitrag zum Fortbestand des Volkes der Hirsche leisten kann. Deshalb bitte ich dich, Großes Geheimnis, meinem Kind zu helfen, damit es geschützt ist.«

Da blies der Wind noch heftiger und antwortete der Hirschkuh. »Ich habe deine Worte gehört und weiß, daß du wahr gesprochen hast. Das Volk der Hirsche hat keine scharfen Zähne oder andere Waffen und kann nicht kämpfen wie manch anderes Tier. Aber dein Kind ist noch viel verletzbarer als du, denn es trägt den Geruch eines neugeborenen Hirschs an sich, den eure Feinde bald wahrnehmen werden. Auch kann es nicht weglaufen, wenn ihm Gefahr droht. Deshalb will ich dir und deinem Kind helfen, aber dazu mußt du etwas besorgen. Geh und hol einige Prärierettiche, die erst vor kurzer Zeit geschält wurden und noch eine helle Farbe haben. Bring die Wurzeln hierher zu deinem Kind.«

So streifte die Hirschkuh durch das Grasland und hatte bald die Rettiche gefunden. Als sie damit bei ihrem Kind stand, flüsterte der Wind: »Leg ein paar von den Knollen auf seine Schulter, andere auf seinen Rücken und den Rest auf seinen Rumpf.«

Die Hirschkuh befolgte die Anweisungen mit großer Sorgfalt und legte die kleinen Wurzeln genau so auf das Fell ihres Kindes, wie es das Große Geheimnis gesagt hatte. Plötzlich erhob sich wieder der Wind und strich sanft über das Fell des Neugeborenen. Unter diesem Wind aber verwandelten sich die Wurzeln in Fellhaare, die genau die helle Farbe der Rettiche hatten. Und noch einmal blies der Wind und trug den Geruch des Neugeborenen mit sich fort.

»Nun wird dein Kind geschützt sein«, sagte das Große Geheimnis, »kein Auge wird es im Gras erspähen, und keine Nase kann es riechen. Wann immer euch beiden Gefahr droht durch wilde Tiere oder Jäger, dann kannst du beruhigt davonlaufen und dich in Sicherheit bringen. Deinem Kleinen aber wird nichts geschehen, wenn es nur ruhig im Gras liegen bleibt und keine Geräusche macht. Niemand wird es sehen oder riechen, bis es erwachsen ist.«

Die Hirschkuh aber war hochbeglückt und dankte dem Großen Geheimnis.

Das Fell von Hirschkälbern ist noch immer gefleckt, und keine Nase nimmt ihren Geruch wahr.

Wichao'oyake – Geschichten der neueren Zeit

Hungersnot

Niemand vermag zu sagen, ob sich diese Geschichte vor vier oder fünf Generationen zugetragen hat, aber die Leute vom Größeren Bärenhaus erzählen noch heute von der Hungersnot, unter der einst ihre Ahnen litten. Nach einem langen und harten Winter waren die Nahrungsvorräte knapp geworden. Die Männer und Frauen warteten auf milderes Wetter, um zu jagen und Wurzeln zu sammeln, doch noch einmal brach ein heftiger Schneesturm über ihr Dorf herein. Dieser Sturm dauerte viele Tage lang, und der Schnee lag so hoch, daß an Jagen und Sammeln nicht zu denken war. Die Leute im Dorf aßen ihre letzten Früchte und auch die Reste ihres Trokkenfleischs, dann waren alle Vorräte aufgebraucht. Die Kinder weinten vor Hunger, und die Erwachsenen wurden immer schwächer. Schließlich gab es die ersten Toten zu beklagen.

Die Situation erschien so hoffnungslos, daß viele Menschen beschlossen, trotz Sturm und Schneefall das Dorf zu verlassen und einen Ort zu suchen, wo es Nahrung gab. Bei ihrem Auszug aus dem Dorf kamen sie an einem Erdhaus vorbei, in dem eine junge Frau mit ihrem Mann und ihren alten Schwiegereltern lebte, und sie riefen nach den Bewohnern, da sie nicht an der vorangegangenen Ratsversammlung teilgenommen hatten.

»Kommt heraus und zieht mit uns fort. Wir wollen einen Ort finden, wo der Schneesturm nicht wütet und wo wir Wurzeln sammeln und jagen können.«

Da traten die junge Frau und die beiden Alten mit traurigen Gesichtern aus dem Haus heraus. »Ihr wißt«, sagte die junge Frau, »mein Mann hat sich bei einer Jagd verletzt und lag für lange Zeit krank auf seinem Lager. Aber da es nichts mehr zu essen gab, kam er nicht wieder zu Kräften. Er ist gerade gestorben.«

»Dann gehe wenigstens du mit uns«, entgegneten die Leute, »denn jeder, der hierbleibt, wird früher oder später sterben.«

Auch die beiden Alten drängten ihre Schwiegertochter. »Sie haben recht. Wir sind schon alt und werden ohnehin bald sterben. Wir wollen keine Bürde für dich sein. Du bist noch jung und kannst dich retten, solange du noch die Kraft dazu hast. Geh mit ihnen. Wir sind zu schwach für einen so anstrengenden Marsch bei dieser Witterung.«

»Liebe Schwiegereltern«, erwiderte die junge Frau, »euer Sohn hat stets für mich gesorgt. Er hat mir viel Gutes getan, und ihr seid seine Eltern. Ich will bei euch bleiben, was immer auch geschehen mag.«

So verließen die Menschen das Dorf, und nur die beiden Alten und die junge Frau blieben zurück. Der Frau war noch etwas getrockneter Mais geblieben, der jedoch zu einer Sorte gehörte, die nur dann nahrhaft ist, wenn die Körner zusammen mit Fleisch oder Fisch gekocht werden. Hin und wieder nahm die Frau ein paar Körner aus ihrem kleinen Vorrat, betrachtete sie und ließ sie so lange durch ihre Hände gleiten, bis sie ein Sättigungsgefühl verspürte. Die Alten aber wurden von Tag zu Tag schwächer und konnten sich schließlich kaum noch bewegen. »Was kann ich nur tun«, überlegte die Frau.

Dann kam ein Tag, an dem der Schneesturm ein wenig nachließ, und die Frau ging mit einem Stock und Gefäß hinunter zu dem Fluß, der dem Dorf ganz nahe kam, um Wasser zu holen. Am Ufer blieb sie eine Weile stehen und rief die vier Himmelsrichtungen an, die Erde und den Himmel

und fragte die darin verborgenen Kräfte: »Was kann ich nur tun, damit wir nicht sterben?«
Als aber ihr Blick über den Fluß glitt, bemerkte sie, daß das Eis an einer Stelle ganz dünn und durchsichtig war, denn hier floß das Wasser flach über Felsen. Durch das Eis hindurch konnte sie etwas erkennen, das wie eine dunkle Gestalt aussah, die sich langsam bewegte. Sie trat auf die Eisfläche und näherte sich vorsichtig dieser Stelle so gut es ging. Zuerst glaubte sie, es sei ein Reptil, doch dann entdeckte sie, daß es ein großer Schwarm Fische war, der sich ganz langsam im kalten Wasser bewegte. Schnell holte sie Stock und Gefäß, durchschlug das Eis und ergriff so viele von den erstarrten Fischen, wie sie nur konnte.
Die Fische lieferten Vorräte, die bis zum Beginn des Frühlings reichten. Die junge Frau und die beiden Alten hatten den Winter überlebt.

Die Welt wird niemals enden

Als Wagmuhawin, die Rasselfrau, noch ein kleines Mädchen war, nahmen ihre Eltern sie mit zur Aufbahrung eines verstorbenen Verwandten. Es war zu jener Zeit, als die Dakota schon seit vielen Jahren in Reservationen lebten. Da Missionare in fast allen Orten Kirchen gebaut hatten, gingen die Trauernden nicht nur zur Aufbewahrung und zum Trauerhaus, sondern hatten sich auch zu einer Andacht eingefunden. Hier sprach ein Prediger über das Schicksal von bösen und schlechten Menschen, die ins Fegefeuer der Hölle geschickt würden. Ihr Leib aber, so sagte er, würde niemals zu Asche zerfallen, sondern wäre bis in alle Ewigkeit den Flammen ausgesetzt. Auch gäbe es dort Teufel, die den Verstorbenen noch zusätzliche Qualen bereiteten. Rasselfrau bekam große Angst, denn sie wußte, daß sie nicht immer auf ihre Eltern gehört hatte, und war davon überzeugt, ein schlechtes kleines Mädchen zu sein. Die Angst wollte nicht weichen und wurde immer größer. Am nächsten Tag brach sie plötzlich in Tränen aus und konnte nicht aufhören zu weinen.

Schnell kam die Mutter herbei. »Was ist los mit dir, Wagmuhawin? Warum weinst du?«

»Ich«, schluchzte das Kind, »ich möchte niemals sterben.«

»Was hast du nur für Gedanken«, versuchte die Mutter ihre Tochter zu trösten, »du bist doch noch ein kleines Kind und zählst erst wenige Jahre.«

»Ich will nicht sterben, weil ich nicht ins Fegefeuer der Hölle will.«

»Was der Prediger gestern erzählt hat«, sagte die Mutter, »war für jene Leute bestimmt, die keine Dakota sind. Auch

der Prediger ist kein Dakota und hat einen anderen Glauben als wir. Denn wir fürchten den Tod nicht, da wir wissen, daß wir an jenen Ort gelangen, wo alle unsere Ahnen leben. Die Reihe unserer Ahnen aber ist so lang, daß auch Verstorbene dazugehören, die schon so lange tot sind, daß du hier auf der Erde noch nie von ihnen gehört hast.«
Die Worte der Mutter trösteten Rasselfrau und die schrecklichen Bilder, die der Prediger entworfen hatte, quälten sie nicht länger. Einige Zeit später war sie aber wieder in einer Kirche, und dieses Mal sprach der Prediger vom Ende der Welt, denn dann, so sagte er, würden Trompeten erklingen und die Welt ginge in Flammen auf. Viele Dakota, die dies hörten, fürchteten sich und waren zutiefst beunruhigt.
»Vielleicht könnte es uns ja gelingen«, grübelte ein Mann, »in den Himmel hochzusteigen. So würden wir dem Feuer und all dem Schrecklichen, was hier geschehen soll, entkommen.«
Auch Rasselfrau hatte wieder große Angst. Ihre Mutter aber eilte zu dem Großvater, der weithin bekannt war als ein Heiler, und sie erzählte ihm von der Furcht, welche die Worte des Predigers hinterlassen hatte. »Wir Dakota haben einen anderen Glauben als diese Prediger«, wies der Großvater die Mutter an, »geh und erzähle Wagmuhawin unsere Geschichte, nach der die Welt niemals enden wird.«
Am Abend setzte sich die Mutter zu Rasselfrau und begann zu erzählen.
»In unserem Land gibt es einen Ort, dort sind die Hügel des Graslands so hoch wie Berge. Es ist eine felsige Gegend, und es gibt dort eine Höhle, in der eine alte Frau mit ihrem Hund lebt. Sie ist schon sehr alt und kann nicht mehr selbst ihr Feuerholz sammeln, und so kommt jeden Tag einer ihrer Verwandten und versorgt sie mit Holz. Ihr Einvernehmen mit ihren Verwandten ist so innig, daß sie immerdar leben will.

Da ihre Höhle aber nicht sehr warm ist, läßt sie das Feuer niemals ausgehen. Im Lichtschein der Flammen schimmert ihr schlohweißes Haar. Fast ununterbrochen ist die Frau damit beschäftigt, lange Streifen aus Wildleder mit den Borsten von Stachelschweinen zu verzieren. Diese Handarbeit verrichtet sie schon seit sehr, sehr langer Zeit, und sie will auch in aller Zukunft weiter damit fortfahren.
In einer fernen Vergangenheit war sie einmal jung gewesen und hatte Kinder geboren. Damals hätte sie nie Zeit für ihre Handarbeiten gefunden. Nun aber als alte Frau hat sie alle Muße dafür. Sie ist schon so alt, viel älter, als manch ein Mensch heute wird. Und obwohl sie gebrechlich ist und ihre Haut viele Falten und Runzeln hat, zieht sie es vor, allein zu leben und für sich zu sein. Nahe bei ihr liegt stets ihr großer schwarzer Hund. In einem Topf über dem Feuer hält sie immer eine Mahlzeit bereit für Besucher, so wie es Brauch bei den Dakota ist.
Wenn das Feuer heruntergebrannt ist, erhebt sie sich von ihrer Handarbeit, um Holz nachzulegen. Ihre Augen sind nicht mehr sehr scharf, und manches Mal würde sie nicht einmal bemerken, daß das Feuer am Verlöschen ist, aber immer wenn sie ihre Handarbeit nicht mehr gut sehen kann, weil es zu dunkel wird, weiß sie, daß es an der Zeit ist, Holz nachzulegen. Langsam steht sie auf, geht hinüber zur Feuerstelle, greift ein paar Stöcke und wirft sie in die Flammen. Während sie noch am Feuer beschäftigt ist, geht der Hund hinüber zu ihrer Handarbeit und reißt jene Borsten wieder heraus, die sie gerade am Leder befestigt hat, und trägt sie in seinem Maul zurück zu ihrem Vorrat. Schließlich schlurft die Frau wieder an ihren Platz. Sie nimmt das Leder zur Hand, weiß aber nicht mehr, wie weit sie gekommen war. So begibt sie sich wieder an ihre Arbeit, um das Muster zu vervollständigen.

So geht es schon sehr lange mit der alten Frau und dem Hund. Das Feuer brennt nieder, sie steht auf, um Holz nachzulegen, und das Tier rupft inzwischen rasch einige Borsten aus. Es wird aber gesagt, daß das Ende der Welt in jenem Augenblick käme, wenn sie all ihre Muster auf dem Lederstreifen angebracht hätte. Aber wir kennen unsere Hunde nur allzugut. Haben sie erst einmal eine Gewohnheit angenommen, geben sie sie kaum jemals wieder auf. Und so wird auch dieser Hund immer wieder die Borsten ausreißen. Die Frau aber wird weiter zu ihrem Feuer hinübergehen, denn jeder weiß, daß Holz herunterbrennt. Dann kehrt sie zurück zu ihrer Handarbeit und beginnt die Arbeit von vorne. So wird es für alle Zeit weitergehen, und die Welt wird niemals enden.«

Damit schloß die Mutter ihre Erzählung. Rasselfrau aber war beruhigt und getröstet. Sie wußte, daß bei einem Feuer immer wieder Holz nachgelegt werden muß, wenn es weiterbrennen soll, und sie kannte die Art der Hunde. Von den Worten der Prediger würde sie sich nicht wieder ängstigen lassen.

Aber sie war neugierig geworden und wollte wissen, was die Dakota über das Schicksal von Verstorbenen erzählen. Und so fragte sie ihren Großvater. »Großvater Sieht-den-Bären, die Worte von den Predigern werden mich wohl nicht mehr ängstigen. Aber sage mir, was nach dem Glauben der Wichiyena-Dakota mit Verstorbenen geschieht.«

Sieht-den-Bären sah das Kind mit gütigen Augen an. »Unsere Ahnen haben uns gelehrt, daß jeder Mensch zwei Seelen besitzt. Eine davon ist erdgebunden und entwickelt sich im Laufe unseres Lebens durch das, was wir tun, und durch die Dinge, die wir besitzen. Sie kann einen Menschen zum Guten führen, aber auch zum Schlechten. Sie verläßt den Körper mit dem letzten Atemzug und bleibt hier auf der

Erde. Oft ist sie eng mit dem persönlichen Besitz eines Verstorbenen verbunden oder mit Dingen, die ihm teuer und lieb waren. Deshalb wird solch ein Besitz oft verbrannt, denn die Erdseele kann wie ein Geist in derartige Dinge fahren und einem neuen Eigentümer schaden. Aus diesem Grund nennen wir die erdverhafteten Seelen Wanagi, denn dies bedeutet, daß sie uns belästigen, plagen und sogar gefährlich werden können. Die Lebenden aber legen stets kleine Speisen aus für solche geisterhaften Erdseelen, damit sie deren Aromen einatmen und ihnen dadurch wohlgesonnen sind.

Unsere Sternenseele ist hingegen wie der Wind und war vor unserer Geburt in den Winden dieser Welt verborgen. Sie fährt mit dem ersten Atemzug eines Neugeborenen in seinen Körper ein. Deshalb, so wird gesagt, ist die Wahl der Hebamme eine wichtige Entscheidung, denn solche Frauen können dafür sorgen, daß eine gute Seele in unseren Körper gelangt, wenn sie den Mund eines Neugeborenen reinigen, damit er atmen kann. Wir nennen diese Seele Nagi, und sie bleibt ein ganzes Leben lang im Körper und fährt erst mit dem letzten Atemzug wieder aus uns heraus. Dann tritt sie ihre Reise nach Süden an, bis sie dort auf ein Sternenwesen trifft, das wir Wakangkana oder Alte Dame nennen. Sie befindet darüber, was mit Nagi geschieht. War das Leben eines Verstorbenen unerfüllt oder hat er ein schlechtes Leben geführt, wird sie Nagi zurück zur Erde schicken, damit sie wieder in ein neugeborenes Kind einfährt und die Möglichkeit hat, ein anderes und besseres Leben zu führen. Befindet die Alte Dame Nagi jedoch für würdig, so gestattet sie ihr, am Himmel die letzte Wanderung nach Norden auf Wanagitachanku, dem Pfad der Seelen, anzutreten, den einige Leute auch Milchstraße nennen. Für manch ein Nagi ist dies ein kurzer Weg, für andere jedoch ein sehr langer und anstrengender Marsch. Am Ende des Pfades geht Nagi durch eine Sternenpforte, die hier auf Erden Großer Bär oder Großer Schöpflöffel heißt. Geleitet wird Nagi vom Leid der Trauernden, die noch auf der Erde weilen, und sie orientiert sich wie auch die Lebenden am glitzernden Polarstern, der bewegungslos im Norden verharrt. Übersteht Nagi die Wanderung glücklich und besteht alle Prüfungen, wird sie ein Teil von Nahe'ata, der Welt der Seelen, die wir am Himmel als Nord- oder Polarlicht sehen. Uns Lebenden erscheint Nagi dann als Licht an jenem Ort am nächtlichen Firmament, den wir den Geheimnisvollen Himmel nennen.«

Damit schloß Sieht-den-Bären seine Erzählung. Wagmuhawin aber war hoch erfreut und schaute von nun an stets hinauf zum Himmel, wann immer das Nordlicht zu sehen war, denn sie wußte, daß von dort all ihre Ahnen auf sie herabsahen.

Die Heilkunst von Sieht-den-Bären

Wenn in der Vergangenheit Heiler durch das Grasland streiften, um Kräuter zu sammeln, folgten ihnen stets einige ihrer Kinder, die beim Sammeln zusahen. Andere beobachteten, wie Heiler ihre Zeremonien durchführten, und erlernten nur durch Zusehen die dazugehörigen Lieder. Lernen war eine Angelegenheit von Beobachtung und Teilnahme, nicht aber ein Vorgang von Unterricht und Belehrung. Auf diese Weise wurde das Wissen der Heilkunst von einer Generation zur nächsten weitergegeben. Jede Generation aber ergänzte dieses Wissen durch eigene Erfahrungen.
So hatte auch Sieht-den-Bären sein Wissen um die Heilkunst von seinem Vater erlernt, der den langen Namen Bär-der-beim-Gehen-mit-dem-Kopf-schwingt trug. Nur gelegentlich erzählte Sieht-den-Bären seinen vier kleinen Enkeln von seinen Erfahrungen als Heiler, nie aber sprach er davon, wie er die Kräfte des Bären zu nutzen lernte, die er bei den Behandlungen einsetzte. Nur einmal sprach er von einer Jagd auf Hirsche, bei der er heilkundiges Wissen erwarb. Sehr früh am Morgen hatte er sich an einer Wasserstelle versteckt, denn Hirsche kommen bereits vor Anbruch der Dämmerung zur Tränke, wenn der Morgenstern am Himmel erscheint. Plötzlich hörte er, wie jemand ein Lied sang, doch außer ihm war kein anderer Jäger zu sehen. Da kam aber auch schon ein Kojote heran, der den Gesang so oft wiederholte, bis ihn Sieht-den-Bären beherrschte. Dann sagte der Kojote: »Schau dir genau meine Ohren an.« Durch langes Betrachten der Ohren lernte Sieht-den-Bären, wie er Ohrenleiden kurieren konnte. Später sang er im-

mer das Lied des Kojoten, wenn ihn ein Kranker wegen Ohrenschmerzen aufsuchte.

Geschätzt wurde Sieht-den-Bären jedoch vor allem als Mato Wapiya, als Bärenheiler, der wußte, die Dinge so zu richten, wie sie sein sollen. Er verstand sich besonders auf die Heilung von häufigen Gebrechen wie Gelenk- und Muskelentzündungen und gebrochenen Knochen. Davon erzählt auch Wagmuhawins Mutter, als sie mit siebzehn Jahren schwer erkrankte. Drei Monate zuvor im Jahre 1916 war sie auf die Internatsschule nach Bismarck in North Dakota geschickt worden und lebte nun mehr als 120 Kilometer von ihrer Familie getrennt. Neben dem Unterricht mußten die Schüler sehr hart arbeiten und wurden selbst bei kältestem Wetter nach draußen geschickt, um die Vorratsscheunen zu reinigen. Schließlich schwollen die Gelenke des Mädchens so stark an, daß jede Bewegung schmerzte. Die Schulleitung hatte schon nach Ärzten geschickt, als plötzlich Sieht-den-Bären erschien.

»Ich wußte doch, daß hier etwas nicht stimmt«, sagte er, »ich werde dich nach Hause holen.« Das Mädchen deutete nur auf ihre angegriffenen Gelenke, und so brachte der Vater seine Tochter zurück zur Familie. Kaum waren sie angekommen, band er ihr auch schon den Oberarm ab, bis drei Venen im Armgelenk deutlich hervortraten. Dann nahm er ein Stöckchen zur Hand, an dem ein spitzer Knochen befestigt war. Mit diesem Messer stach er in eine der Venen, und das Blut spritzte in hohem Bogen heraus. Im Erdboden hob Sieht-den-Bären eine kleine Grube aus, in der das Blut versickerte. Plötzlich sagte er: »Nun ist genug Blut geflossen.« Schnell hatte er die Binde gelöst, und sofort schloß sich die Wunde. Wenige Tage später war das Mädchen genesen.

Seinen Enkeln ist die Heilkunst des Großvaters nicht nur im Gedächtnis geblieben, weil er Wagmuhawin, die Rasselfrau, zweimal von einer Lungenentzündung kurierte, die sie als kleines Kind bekam. Zeit ihres Lebens haben sie alle immer wieder an eine besondere Speise gedacht, die der Großvater ihnen zubereitete. Wann immer die Familie ein Schaf schlachtete, untersuchte Sieht-den-Bären genau die Innereien. Stellte er fest, daß es ein gesundes Tier war, entnahm er die Leber und schnitt die Gallenblase ab. Dann zerteilte er die Leber in hauchdünne Scheiben und träufelte etwas von der Gallenflüssigkeit darüber. Allen Enkeln gab er davon zu essen mit den Worten: »Dies wird euch vor jener Hautkrankheit bewahren, bei der sich die Kranken so lange kratzen, bis sie bluten.«

Die Geschichte einer anderen Heilung hörte Wagmuhawin von Wilhelm Kleiner Vogel, einem Ältesten vom Klan des Größeren Bärenhauses. »Dein Großvater wußte genau, wie gebrochene Knochen zu heilen sind. Als ich ein Kind von sieben oder acht Jahren war, brach sich mein Vater das Bein. Wir lebten in der Standing Rock Reservation, und hier gab es in einem Ort namens Solen einen Armeearzt. Zu diesem Arzt brachten wir meinen Vater und der legte das Bein in Gips. Zuerst war der Gips noch ganz weich, dann aber trocknete er aus und wurde hart. Wir kehrten nach Hause zurück, doch in der darauffolgenden Nacht schwoll das gebrochene Bein an, und mein Vater hatte große Schmerzen, denn die Schwellung rieb am Gips. Auch am nächsten Tag ging die Schwellung nicht zurück. So riet meine Mutter dem gepeinigten Vater, seinen Schwager Sieht-den-Bären aufzusuchen, der sich so trefflich auf das Heilen von Knochenbrüchen verstand. Schnell war der Wagen angespannt, und die Fahrt ging nach Porcupine, wo der Heiler lebte. ›Dein Schwager‹, sagte die Mutter, ›hat sein Bein gebrochen, und der Armeearzt hat ihm diesen Gips angelegt. Nun aber plagt ihn die Bandage, und er hat große Schmerzen.‹

Sieht-den-Bären nahm ein großes Messer zur Hand und schnitt den engen Gips auf, dann rieb er das Bein mit einer Kräuterpaste ein. Anschließend begab er sich zu einem Schuppen, wo er hölzerne Schienen in verschiedenen Größen aufbewahrte, so daß sie für kleine oder größere Körperteile paßten. Eine davon wählte er aus und legte sie dem Patienten an. ›Tagsüber‹, erklärte er, ›wirst du diese Schiene tragen und an dein Bein binden, doch nicht zu fest. Nachts nimmst du sie ab und reibst dein Bein mit der Paste ein, die ich dir nun gebe.‹ Rasch waren die Schmerzen meines Vaters abgeklungen, und das Bein war wenige Wochen später wieder heil.«
So vergingen viele Jahre, und Sieht-den-Bären war ein alter Mann geworden. Öfter sprach er nun von seinem bevorstehenden Tod. »Ich lebe schon länger als all meine Freunde«, sagte er eines Tages zu seiner Tochter, »und alle haben davon gesprochen, daß sie vor ihrem Tod Besuch von ihren verstorbenen Verwandten erhielten. So wußten sie, daß sie sich auf ihr nahes Ende vorbereiten sollten. Aber niemand besucht mich. Ich habe noch kein Traumgesicht erhalten, obwohl ich schon häufiger erwartete, meinen Vater, meine Mutter oder auch deine Mutter zu sehen. Doch niemand ist bisher erschienen.«
So verging noch einige Zeit, und Sieht-den-Bären war bereits über neunzig Jahre alt, doch noch immer ritt er seinen Schimmel. Eines Tages kehrte er von einem Ritt durch das Grasland zurück und rief zu seiner Tochter: »Nun ist es endlich geschehen. Ich habe etwas gehört. Der Wind wehte plötzlich ganz stark, und daraus erklang eine Stimme. Es war wohl die Stimme deiner Mutter, die da sagte, ›diesen Winter …‹. Ich habe nur diese beiden Wörter verstanden, doch sicherlich meinte sie, daß ich in diesem Winter sterben werde.«

Wenige Wochen später weckte die Mutter ihre Tochter Wagmuhawin vor Sonnenaufgang. »Wach auf, mein Kind«, sagte sie, »und schlaf nicht wieder ein, denn ich glaube, dein Großvater stirbt.« Das Mädchen erhob sich von seinem Lager und ging hinüber zu dem Platz, wo der Großvater lag. Sein Atem ging nur noch flach und wurde immer unregelmäßiger. Dann hauchte er sein Leben aus.

Der Heiler Adlerbär

In den frühen fünfziger Jahren des 20. Jahrhunderts wurde in der Pine Ridge Reservation in South Dakota nach vielen Jahrzehnten des Verbots durch die amerikanische Regierung zum ersten Mal wieder ein Sonnentanz abgehalten. Es ist eigentlich eine Zeremonie, die treffender Sonnenmond-Tanz heißen müßte, denn sie dauert vier Tage und vier Nächte. Im Dakota nennt man sie Wihan Wacipi, Wi bedeutet Sonne, und Hanwi steht für das Wort Nachtsonne, denn so heißt der Mond in der Dakotasprache. Wihan Wacipi ist daher in wörtlicher Übersetzung der Sonnenmond-Tanz, der stets während des Vollmonds in den Sommermonaten stattfindet. Nach dem langen Verbot aber begann die Zeremonie damals bei Sonnenaufgang und dauerte nur einen Morgen lang bis zum Mittag, danach setzte man die Feierlichkeiten mit dem jährlichen Powwow von Pine Ridge fort, jenem Tanzfest, zu dem viele Lakota, Nakota und Dakota zusammenkommen.

Wagmuhawin, die Rasselfrau, besuchte diesen ersten Sonnentanz zusammen mit ihrer Mutter, denn ihr Großvater Sieht-den-Bären hatte in der nahen Standing Rock Reservation viele dieser Zeremonien abgehalten. Die Mutter war begeistert von Adlerbär, dem Leiter des Sonnentanzes auf Pine Ridge, und sprach immer wieder über seine außergewöhnlichen Fähigkeiten und sein umfassendes Wissen über die Gesänge, die er noch aus der Vergangenheit kannte. Über einige Jahre hinweg reisten Mutter und Tochter regelmäßig nach Pine Ridge, um an den Feierlichkeiten teilzunehmen. Als Wagmuhawin zum ersten Mal die Reise al-

lein antrat, adoptierte sie Adlerbär, der die Zeremonie noch immer leitete, als jüngere Schwester.
Wieder waren einige Jahre vergangen, und Wagmuhawin lebte inzwischen mit ihrem Mann im kanadischen Winnipeg. Plötzlich bekam sie große Schmerzen in ihrem Unterarm und suchte einen Arzt auf. Der diagnostizierte eine Blutpfropfbildung und gab ihr Medikamente, die jedoch nicht anschlugen. Der Arzt riet zu einer Operation und fürchtete, er müsse den Arm möglicherweise abnehmen. »An so etwas solltest du gar nicht denken«, riet Wagmuhawins Mann, »suche doch besser einen unserer indianischen Heiler auf.«
Sofort erinnerte sich die Rasselfrau an Adlerbär, den allein sie für befähigt und ausreichend kundig hielt, den Arm auch ohne Operation zu kurieren. So trat sie die lange Reise von Winnipeg nach Pine Ridge in South Dakota an. Als sie schließlich zusammen mit ihrem Ehemann ankam, hatte sie wegen der Schmerzen mehrere Nächte nicht geschlafen und fühlte sich sehr krank. Sie begrüßten sich, und Wagmuhawin erzählte zunächst kaum von ihren Beschwerden. Adlerbär aber sagte plötzlich zu seiner Frau: »Bring mir bitte meinen dunklen Koffer.« Er entnahm ihm zwei kleine Steine, einer war fast rund, und der andere wirkte wie ein Rechteck. »Wähle einen aus«, wies er Rasselfrau an. Sie entschied sich für den dunkleren der beiden und überreichte ihn Adlerbär. Der Heiler ließ sich eine mit Wasser gefüllte Holzschale bringen, in die er einige Kräuter tauchte. Dann legte er den Stein hinein.
Er schloß seine Augen und verband sie mit einer schwarzen Binde. Nun sprach er zu der Schöpfungsmacht und allen Wesen, die ihm ihre Kräfte zur Verfügung stellten. Er richtete sich an alle vier Himmelsrichtungen, an die Erde und an den Himmel. Dann erklärte er, wer vor ihm saß und wel-

ches Leiden Wagmuhawin hatte. Er sprach eine ganze Weile, und als er geendet hatte, gab er ihr die Schale, und sie trank das Wasser. Es war, als würde ein anderes Wesen in ihre Eingeweide hineinfahren und sie zerreißen. Rasselfrau erschrak und dachte, sie müsse sterben. Dann aber ließ der Schmerz nach, und das, was sich wie ein anderes Wesen anfühlte, wurde ruhiger.
Adlerbär nahm seine Augenbinde ab, ergriff die Schale und gab jedem der Anwesenden einige Schlucke von der Flüssigkeit zu trinken. Dann sagte er: »Mein Helfer, der Stein, hat mich davon unterrichtet, daß du einen Blutpfropfen in deinem Arm hast.«
Wagmuhawin war überrascht, denn sie hatte zuvor weder von einem Pfropfen gesprochen, noch hatte sie ihre Jacke ausgezogen, damit Adlerbär den Arm untersuchen konnte. Der Heiler bat nun seine Frau, ihm einen anderen Koffer zu bringen, der Heilmittel enthielt. Er entnahm daraus eine Pflanze, deren Wurzeln ganz unterschiedliche Formen hatte. »Schau dir diese Pflanze genau an, Rasselfrau«, sagte er, »sie sieht so aus wie all die verschiedenen Adern und Blutgefäße in deinem Körper. Ich werde dir davon ein Stück geben, und du bereitest daraus vier Schalen Tee, von dem du jeden Abend einige Schlucke trinkst. Wo immer der Pfropfen auch sitzen mag, er wird sich bald auflösen. Aber noch eines sollst du wissen, kleine Schwester. Du hast mir Geschenke für die Behandlung mitgebracht, aber du mußt außerdem auch jenen Kräften und Wesen danken, die dein Leiden erkannt haben und heilen werden. Das ist der Stein und diese Pflanze, die ich hier halte. Die Zeit wird kommen, und du wirst wissen, wie du ihnen danken kannst.«
Wagmuhawin aber trank von dem Teeaufguß und konnte ihren Arm bald wieder ohne Beschwerden bewegen. Etwa ein Jahr später sah sie in einem Traum Männer und Frauen,

die indianische Lederkleidung trugen und Lieder sangen, wie sie nur beim Sonnentanz zu hören sind. Sie beriet sich mit einer Freundin über diesen Traum und wußte bald, daß Adlerbärs Stein und Pflanze ihr ein Zeichen gesandt hatten. Zum Dank an seine Helfer würde sie bei einer Sonnenmond-Zeremonie tanzen.

Bigfoot

Über Bigfoot spricht man an vielen Orten im Indianerland, aber niemand vermag Genaueres über ihn zu sagen. Es heißt, er habe die Gestalt eines riesengroßen Menschen und sei am ganzen Körper mit einem dichten Fell behaart. Großvater Sieht-den-Bären war eines Tages sicher, seine Spuren im Gras gesehen zu haben. Wie so oft war er in der Prärie gewesen und hatte seine Schafe gehütet. Als er zurückkam, rief er rasch seine Tochter zu sich. »Tochter«, sagte er, »paß auf die Kinder auf. Sie sollen sich nicht zu weit vom Haus entfernen. Takukin, Wer-auch-immer-dieses-Wesen-sein-mag, wandert in unserer Gegend umher.«

Am anderen Tag gingen Wagmuhawin und ihre Mutter hinaus, um die Schafe nach Hause zu holen. Als sie die Stelle hinter den Hügeln erreichten, sahen sie, daß das Gras auf einer großen Fläche platt gewalzt war.

»Davon hat also dein Großvater gesprochen«, meinte die Mutter.

»Was meinst du damit«, fragte Wagmuhawin.

»Nun, in unserer Gegend ist derzeit ein Wesen, das kein Mensch ist. Wir wissen nicht, was es ist. Es ist wohl sehr groß, aber nie hat man bei uns davon gehört, daß es einen Menschen angreift und verletzt. Dennoch sollten wir es meiden und ihm nicht zu nahe kommen.«

Viele Jahre später war Wagmuhawin schon lange eine verheiratete Frau. Ihr Mann war ein Navajo, und beide lebten für einige Jahre in Arizona in der großen Navajo-Reservation. Als Rasselfrau das erste Mal nach Arizona kam, erzählte ihr Mann von seinen geliebten Carisa-Bergen, wo er sich früher oft zu langen Wanderungen zurückgezogen hatte.

»Wagmuhawin, ich möchte so gern wieder einmal in den Bergen wandern, Sie sind über 3000 Meter hoch, und ich war zuletzt 1941 dort, bevor ich als Code Talker am Zweiten Weltkrieg teilnahm.«
Rasselfrau war neugierig geworden, und am Wochenende brachte der Schwager das Paar mit dem Wagen an den Fuß der Bergkette. Sie hatten Schlafsäcke und Campingvorräte eingepackt, denn sie wollten hier die Nacht verbringen.
»Laß uns möglichst viele Sandwichs mitnehmen«, schlug Wagmuhawin vor.
»Das wird nicht nötig sein«, entgegnete ihr Mann, »unterwegs treffen wir auf eine Reihe von Hütten, wo Schäfer übernachten. Dort gibt es genug zu essen, und unsere Rucksäcke werden uns nicht zu schwer werden.«
So kletterten sie langsam hinauf und erreichten die erste Hütte, doch niemand war da. Auch in der zweiten Hütte hatte sich niemand eingefunden. Dennoch kletterten sie weiter hinauf und waren nicht mehr allzuweit vom Gipfel entfernt. Doch dann ging die Sonne am Horizont unter, und bald würde es Nacht sein.
»Nun sind wir noch ein gutes Stück von der nächsten Hütte entfernt und werden im Freien übernachten müssen. Laß uns unser Lager unter freiem Himmel mit einem runden Zaun aus Stöcken und Zweigen schützen.«
Sie sammelten Holz und steckten die Stöcke in den Boden.
»Niemand weiß genau warum, aber Bären meiden solche Zäune, und so werden wir vor ihnen sicher sein. Nun können wir gut schlafen.«
In der Mitte des Zauns entzündeten sie ein Feuer, dann holten sie ihre Schlafsäcke hervor, und bald war Wagmuhawin auch schon eingeschlafen, denn von der ersten Bergwanderung ihres Lebens war sie sehr müde. Mitten in der Nacht wachte sie jedoch jählings auf. Sie rieb sich die Augen und

sah hinauf in den klaren, mit Sternen übersäten Himmel. Da überkam sie ein merkwürdiger Gedanke: »Hier ist ein riesiges Wesen, das uns beobachtet.«
Sie erschrak und wollte schon ihren Mann wecken, aber dann fiel ihr ein, daß er seit seinem Kriegseinsatz auf plötzliches Wecken stets mit einem lauten Aufschrei reagierte: »Was geht vor? Was geht vor? Wer ist es?«
»Nein«, überlegte Wagmuhawin, »ich werde ihn schlafen lassen. Mit seinem lauten Schrei könnte er das Wesen aufschrecken, und wer weiß schon, was dann geschieht.«
So kauerte sie sich tief in ihren Schlafsack und dachte über das fremdartige Wesen nach. Zu ihrer Überraschung stellte sie fest, daß sie trotz ihrer Furcht kein ablehnendes Gefühl für es empfand. »Wenn ich es nicht vertreiben will«, folgerte sie, »brauche ich mich auch nicht zu ängstigen. Es hätte mich schon vorher angreifen können.«
Dieser Gedanke war beruhigend, und bald war Wagmuhawin wieder eingeschlafen. Als sie am Morgen bei Sonnenaufgang erwachte, war ihr Mann schon auf und brühte Kaffee.
Schnell erinnerte sie sich an ihr nächtliches Erlebnis. »Hast du von den Navajo aus dieser Gegend jemals gehört«, fragte sie, »ob es hier riesige Wesen gibt?«
»Nein«, brummte er, »davon habe ich nie gehört.«
Es war ein Sonntag, und schnell hatten sie den Gipfel des Berges erreicht. Dann kehrten sie zurück, denn am nächsten Tag mußte ihr Mann zurück nach Shiprock, wo er als Richter arbeitete. Am Montag ging Wagmuhawins Mann wie gewohnt seinen Aufgaben nach, doch als er nachmittags zurückkam, hatte er Neuigkeiten für seine Frau. »Unten am Fuß der Carisa-Berge lebt eine Familie, und von dort ist gerade einer unserer Polizisten zurückgekehrt. Die Familie hat die Polizei verständigt, denn sie haben riesige Fußab-

drücke im staubigen Boden entdeckt. Und der Polizist sagte, ihm seien Schauer über den Rücken gelaufen, denn alle Hunde der Gegend heulen und jaulen vor Furcht und Aufregung.«

Den ganzen Sommer über meldeten sich Navajo bei der Polizei in Shiprock und berichteten von riesigen Fußspuren, die sie gesehen hatten. Alle fürchteten sich vor einem mächtigen Wesen, daß dort umherging, doch zu Gesicht bekam es niemand. Auch Wagmuhawin hat Bigfoot bis heute nicht gesehen.

Wagmuhawin – ein Nachwort

Wagmuha ist im Wichiyena-Dialekt des Dakota die Bezeichnung für einen Kürbis, der nicht gegessen wird, sondern ausschließlich zur Herstellung einer Rassel dient, die als Rhythmusinstrument bei Zeremonien Gesänge und Tänze untermalt. Wagmuhawin, im wörtlichen Sinne »Rasselfrau«, ist als Frauenname zugleich ein Sinnbild für Freigebigkeit und Großzügigkeit. Wagmuhawin, so heißt die Erzählerin der Geschichten in der vorliegenden Ausgabe. Sie wurde im Hidatsa-Klan der Tiefgezogenen Mützen geboren, denn ihr Vater war ein Hidatsa. Es wird erzählt, daß dieser Klan seinen Namen von einem Ahnen ableitet, aus dessen Augen ständig Blitze sprangen. Deshalb habe er seine Augen mit einer tief ins Gesicht gezogenen Kopfbedeckung verborgen. Wagmuhawins eigener Klan wird jedoch durch die Zugehörigkeit ihrer Mutter zum Größeren Bärenhaus der Wichiyena-Dakota bestimmt.
Ihre Kindheit verbrachte Wagmuhawin in Porcupine, einem kleinen Ort in der Standing Rock Reservation in North Dakota, wo sie zusammen mit drei älteren Brüdern, ihrer Mutter, dem Großvater Sieht-den-Bären und ihrer Großtante Rennt-in-der-Mitte lebte. Früh in ihrem Leben war alles Klang, denn wie in so vielen Familien der Wichiyena hörte sie schon mit drei Jahren Lieder, die man bei Zeremonien singt, und viele der Geschichten, die man im Grasland kennt. Solche Geschichten erzählten die Mutter und Großmutter, aber auch der Großvater. Im Alter von zehn Jahren begann Wagmuhawin selbst Geschichten zu erzählen. Durch Austausch mit anderen Erzählern erweitert und vertieft sie ihre Kenntnisse bis heute.

»Wir lebten auf dem Land weit weg von Städten und in meiner Kindheit gab es dort noch keine Autos«, erinnert sie sich, »trotzdem besuchten uns viele Leute. Sie kamen mit Pferdegespannen und führten Lebensmittel, Geschirr und Bettzeug mit. Oft haben sie bei uns übernachtet, und abends wurden Geschichten erzählt. Unser Haus hatte nur einen einzigen großen Raum. Wenn im Winter ein wärmender Ofen brannte, begaben sich alle früh zur Ruhe, und dann begann einer der Erwachsenen mit einer Geschichte. Da es noch keinen elektrischen Strom gab, wurden viele Geschichten im Dunkeln erzählt, und vor den Augen von uns Kindern wurden die Bilder besonders deutlich und einprägsam. Die Erzähler sprachen langsam und gaben ihren Worten eine ausgesuchte Betonung. Es war, als konnten wir sehen, was in den Geschichten vor sich ging. Wenn Menschen, Tiere oder andere Wesen in den Erzählungen miteinander sprachen, glaubten wir, deren eigene Stimmen zu hören. Es schien, als wären wir mitten in den Geschichten drin und Teil des Geschehens. Selbst wenn etwa eines von uns Kindern noch nie einen Bären gesehen haben mochte, so konnten wir uns durch die Art des Erzählens doch vorstellen, wie dieses Tier brummte und mit welcher Achtung man ihm begegnen muß. Und in der gleichen Deutlichkeit wurde ersichtlich, wie manch eine Verrichtung erfolgte. So wußten wir Kinder genau, wie es sich anfühlt, wenn eine Person in einer Geschichte durch das Gras wandert oder auf einem Pferd reitet. Auch konnten wir fühlen, ob sich jemand langsam oder schnell bewegt. Alles, was erzählt wurde, war lebendig und leibhaftig. Manchmal lachten wir, und andere Male haben wir uns gefürchtet, aber stets haben wir begeistert den Worten der Erzähler gelauscht.«

Viele Geschichten illustrieren, wie Wagmuhawin die beiden

Dakota-Staaten im mittleren Westen der USA als Kind und Jugendliche in den dreißiger Jahren erlebte, in einer Zeit also, die noch ahnen läßt, was das Leben im nördlichen Grasland vor der Einrichtung von Reservationen ausmachte. »Wir hatten Gärten und züchteten Schafe«, erzählt sie dazu, »und überall konnten wir Kinder umherwandern, denn es gab damals noch keine Zäune. Großvater Sieht-den-Bären erzählte uns von jeder Felsformation, von allen Hügeln, Flüssen und Bergen, an denen wir vorüberkamen, eine Geschichte.« Wagmuhawin begleitete auch oft ihre Mutter, die man als Hebamme häufig zu Entbindungen rief. Zusammen fuhren sie mit einem Pferdegespann, und unterwegs erklärte die Mutter ihrer Tochter in Geschichten vieles über die Beziehung von Mensch und Natur, über Pflanzen, Vögel und Tiere und über die Beziehungen der Menschen untereinander.

Als Erwachsene hat Wagmuhawin, nunmehr unter ihrem englischen Namen Mary Louise Defender Wilson, an vielen verschiedenen Orten in den USA und auch in Kanada gelebt und gearbeitet. Fast überall ist sie anderen Sioux-Sprechern begegnet und hat zeitlebens immer wieder Geschichten von Freunden gehört und ihre eigenen im Wichiyena-Dialekt erzählt. Auch bei ihrer Tätigkeit als Lehrerin im Fach Dakota-Sprache und -Kultur sowie als Radiomoderatorin hat sie auf ihre Geschichten zurückgegriffen. Während ihrer Mitarbeit beim Humanities Council Of North Dakota in den achtziger Jahren wurde sie oft eingeladen, Geschichten einem breiteren Publikum vorzustellen, was zu Vorträgen an Universitäten, Schulen und anderen öffentlichen Einrichtungen führte und zur Zusammenarbeit mit dem North Dakota Council On The Arts. Nichtindianischen Zuhörern erzählt sie die Geschichte heute gewöhnlich in Englisch mit längeren oder kürzeren

Dakota-Einschüben, deren Übersetzung und Erklärung Teil ihrer Präsentationen sind.
In ihren Worten bleibt eine Welt lebendig, deren Untergang einst beschlossene Sache war. Nach vielen Jahren anhaltender Unterdrückung ist es heute jedoch kaum vorstellbar, daß diese Welt jemals enden könnte. Sie ist anders geworden, diese Wirklichkeit, aber doch greifbar und leibhaftig hinter den Zäunen, die heute das Land durchschneiden. Wagmuhawins Geschichten sind Ausdruck ihrer Welt und zugleich zeitlos, sie sind ein Teil der kulturellen Vielfalt dieser Erde.

Quellenverzeichnis

Wie die Menschen auf die Erde kamen: Aufnahme für die vorliegende Ausgabe erstellt in Porcupine, ND, im Oktober 2003.

Die Kraft des Großen Bärensees: Erweiterte Neuaufnahme erstellt in Porcupine, ND, im Oktober 2003. Kürzere Fassung in Englisch unter dem Titel »The Powerful Lake« auf der CD »The Elders Speak« (Makoché MW0164D).

Der Stern und die Präriepappel: Erweiterte Neuaufnahme erstellt in Porcupine, ND, im Oktober 2003. Kürzere Fassung in Englisch unter dem Titel »The Star In The Cottonwood Tree« auf der CD »My Relatives Say« (Makoché MW0185D).

Als das Steinwesen dem Spinnenmann half: Aufnahme für die vorliegende Ausgabe erstellt in Porcupine, ND, im Oktober 2003.

Der Besuch des Bären: Aufnahme für die vorliegende Ausgabe erstellt in Porcupine, ND, im Oktober 2003.

Die Frau, die vom Himmel fiel: Aufnahme für die vorliegende Ausgabe erstellt in Porcupine, ND, im Oktober 2003.

Steinwesen und die gefangenen Brüder: Aufnahme für die vorliegende Ausgabe erstellt in Porcupine, ND, im Oktober 2003.

Wie der Schlangenfluß entstand: Erweiterte Neuaufnahme erstellt in Porcupine, ND, im Oktober 2003. Kürzere Fassung in Englisch unter dem Titel »How Snake Creek Came To Be« auf der CD »My Relatives Say«.

Spinnenmann und Riese: Erweiterte Neuaufnahme erstellt in Porcupine, ND, im Oktober 2003. Kürzere Fassungen in Englisch unter dem Titel »The Spiderman Meets The Giant« auf der CD »Un de' che cha pi – The Way We Are« (North Dakota Council On The Arts NDCA063) und unter dem Titel »The Spiderman And The Giant« auf der CD »The Elders Speak«.

In der Höhle von Coyote: Erweiterte Neuaufnahme erstellt in Porcupine, ND, im Oktober 2003. Kürzere Fassung in Englisch unter dem Titel »Coyote's Den Hill« auf der CD »The Elders Speak«.

Die erste Flöte: Erweiterte Neuaufnahme erstellt in Porcupine, ND, im Oktober 2003. Kürzere Fassung in Englisch unter dem Titel »The First Flute Was Used For Courting« auf der CD »My Relatives Say«.

Die Augen des Spinnenmanns: Aufnahme für die vorliegende Ausgabe erstellt in Porcupine, ND, im Oktober 2003.

Die Frau, die sich in Stein verwandelte: Erweiterte Neuaufnahme erstellt in Porcupine, ND, im Oktober 2003. Kürzere Fassung in Englisch unter dem Titel »The Woman Who Turned Herself To Stone« auf der CD »The Elders Speak«.

Die Lerche und die Klapperschlange: Aufnahme für die vorliegende Ausgabe erstellt in Porcupine, ND, im Oktober 2003.

Als die Enten beim Tanz die Augen schlossen: Erweiterte Neuaufnahme erstellt in Porcupine, ND, im Oktober 2003. Kürzere Fassung in Englisch unter dem Titel »The Ducks Dance With Their Eyes Closed« auf der CD »Un de' che cha pi – The Way They Are«.

Wie Wolf, Schildkröte und Lerche ihre Gestalt annahmen: Erweiterte Neuaufnahme erstellt in Porcupine, ND, im Oktober 2003. Kürzere Fassung in Englisch unter dem Titel »How The Meadowlark Won The Race« auf der CD »Un de' che cha pi – The Way They Are«.

Wie das Pferd zu den Dakota kam: Aufnahme für die vorliegende Ausgabe erstellt in Porcupine, ND, im Oktober 2003.

Die Frau, die noch einmal lebte: Aufnahme für die vorliegende Ausgabe erstellt in Porcupine, ND, im Oktober 2003.

Vom Spinnenmann und seiner Schwiegermutter: Aufnahme für die vorliegende Ausgabe erstellt in Porcupine, ND, im Oktober 2003.

Wie der Hirschberg seinen Namen erhielt: Aufnahme für die vorliegende Ausgabe erstellt in Porcupine, ND, im Oktober 2003.

Der Raub der Pferde: Erweiterte Neuaufnahme erstellt in Porcupine, ND, im Oktober 2003. Kürzere Fassung in Englisch unter dem Titel »The Painted Turtle Who Went After Horses« auf der CD »Un de' che cha pi – The Way We Are«.

Unktomi und die Wapitihirsche: Aufnahme für die vorliegende Ausgabe erstellt in Porcupine, ND, im Oktober 2003.

Der blaue Reiher, der im Winter blieb: Erweiterte Neuaufnahme erstellt in Porcupine, ND, im Oktober 2003. Kürzere Fassung in Englisch unter dem Titel »The Blue Heron Who Stayed For The Winter« auf der CD »My Relatives Say«.

Die Erdbohnen der Mäuse: Erweiterte Neuaufnahme erstellt in Porcupine, ND, im Oktober 2003. Kürzere Fassung in Englisch unter dem Titel »Earth Beans« auf der CD »My Relatives Say«.

Unktomi und seine Tochter: Erweiterte Neuaufnahme erstellt in Porcupine, ND, im Oktober 2003. Kürzere Fassung in Englisch unter dem Titel »Spiderman Tries To Marry His Own Daughter« auf der CD »Un de' che cha pi – The Way We Are«.

Wie das Hirschkalb ein geflecktes Fell bekam: Für die vorliegende Ausgabe entnommen der CD »My Relatives Say«.

Hungersnot: Aufnahme für die vorliegende Ausgabe erstellt in Porcupine, ND, im Oktober 2003.

Die Welt wird niemals enden: Erweiterte Neuaufnahme erstellt in Porcupine, ND, im Oktober 2003. Kürzere Fassung in Englisch unter dem Titel »The World Never Ends« auf der CD »My Relatives Say«.

Die Heilkunst von Sieht-den-Bären: Aufnahme für die vorliegende Ausgabe erstellt in Porcupine, ND, im Oktober 2003.

Der Heiler Adlerbär: Aufnahme für die vorliegende Ausgabe erstellt in Porcupine, ND, im Oktober 2003.

Bigfoot: Aufnahme für die vorliegende Ausgabe erstellt in Porcupine, ND, im Oktober 2003.

Wagmuhawin: Wörtliche Zitate aufgenommen in Porcupine, ND, im Oktober 2003.